KB189921

나를 위한 시간, BEST

나를 위한 시간, BEST

발행일   2024년 10월 22일

지은이   강진숙, 김선영, 김유진, 김인숙, 김진권, 김태희, 김현근, 박선우, 이보미, 이복선
펴낸이   손형국
펴낸곳   (주)북랩
편집인   선일영   편집   김은수, 배진용, 김현아, 김다빈, 김부경
디자인   이현수, 김민하, 임진형, 안유경   제작   박기성, 구성우, 이창영, 배상진
마케팅   김회란, 박진관
출판등록   2004. 12. 1(제2012-000051호)
주소   서울특별시 금천구 가산디지털 1로 168, 우림라이온스밸리 B동 B111호, B113~115호
홈페이지   www.book.co.kr
전화번호   (02)2026-5777   팩스   (02)3159-9637

ISBN   979-11-7224-333-3 03810 (종이책)   979-11-7224-334-0 05810 (전자책)

(주)북랩 성공출판의 파트너

북랩 홈페이지와 패밀리 사이트에서 다양한 출판 솔루션을 만나 보세요!

홈페이지 book.co.kr   •   **블로그** blog.naver.com/essaybook   •   **출판문의** text@book.co.kr

작가 연락처 문의 ▶ ask.book.co.kr

작가 연락처는 개인정보이므로 북랩에서 알려드릴 수 없습니다.

더 이상 미루지 않기로 했다

나를 위한 시간, BEST

강진숙
김선영
김유진
김인숙
김진권
김태희
김현근
박선우
이보미
이복선
지 음

꾸준함은 가진 것 없이 태어난 자의 재능이다.
그 재능을 믿고 오늘도 나는 흔들림 없이 한 길을 간다.
그 꾸준함이 결국 나를 원하는 곳에 데려다줄 것이므로!

북랩

체감 온도가 40도를 넘었다. 아무것도 하고 싶지 않았다. 내일 예약을 위해 오늘 중에만 청소하면 된다. 오전에는 그동안 못 본 드라마도 보고 여유가 부리다 3시에 파티룸에 도착했다. 에어컨 바람을 쐬며 잠깐 쉬고 청소를 시작해야지 하는데 전화가 왔다. 4시부터 이용하고 싶다는 내용이었다. 가능하다고 대답하고 부랴부랴 청소했다.

미뤄서 좋았던 적은 없지만 여전히 미루는 습관이 있지만 벗어나는 중이다. 시간을 쪼개 자격증을 따기 위해 공부를 하고, 부동산 강의를 들었다. 공간대여 강의를 여러 개 듣고 그중 파티룸을 오픈하게 되었다. 아마 계속 미뤘다면 이 많을 일을 해내지 못했을 것이다. 미루는 습관을 없애면서 얻게 된 성과다.

시간을 시스템화한 커리어우먼 강진숙 작가는 영남 알프스 9봉을 완등하고 내친김에 보디 프로필까지 찍었다. 지금도 꿈과 도전을 멈추지 않고 있다. 진정한 나를 찾고, 완벽함이 정답은 아니지만 루틴을 만들고 한 달에 22권의 책을 읽는 등 꾸준함을 유지하고 있는 김선영 작가와 계속 스스로 동기부여를 하는 김유진 작가는 일과 및 할 일을 일기를 쓰듯 정리하며 행동으로 옮기고 있다.

꿈이 있는 워킹맘의 삶에 눈을 뜬 김인숙 작가는 매일 루틴을 지키며 재미까지 느끼고 있다. 김진권 작가는 타인의 시선에 갇히지 않았다. 좋아하는 걸 할 수 있는 용기를 내서 꿈을 이루는 마법 같은 습관으로 평범함을 비범함으로 바꾸고 있다. 게으른 완벽주의자였던 나는 흘려보내는 시간을 찾아 프로 수강러가 아니라 실행을 하는 사람으로 지금도 진화하고 있다.

작은 변화로 시작해 효과적인 시간 관리를 계획했던 김현근 작가는 꿈을 이루는 마법 같은 습관을 만들었다. 마흔에 퇴사를 꿈꿨던 박선우 작가는 자신에 대해 알아갔다. 업무처리 기준을 만들어 직장 업무를 처리하면서 (사)한국코치협회가 인증하는 코치 자격을 취득했다. 이보미 작가는 순탄한 고속도로보다 광활한 비포장길을 선택했다. 성공 일기를 쓰면서 달리지만 휴식도 허락하며 인생을 바꾸고 있다. 삶을 세공한다고 생각하며 공부하는 이복선 작가는 새로운 경험으로 자신을 이해했다. 책 덕분에 인생 고민도 해결하고, 삶이 변해간다.

이 책을 쓴 작가들도 전업 주부로, 직장인으로, 직장인 엄마로, 자영업자로 너무너무 바쁘게 살아가면서 자기 자신을 잃었었다. 내가 무엇을 좋아하는지, 내가 무엇을 잘했었는지를 잊고 그저 시간의 흐름과 함께 살아가고 있었다. 그러다 스스로 인지하고 흘러가는 시간 속에서 깨어났다. 완벽하지 않기 때문에 인간적이다. 인간미 있는 나를 사랑하고, 진정한 나를 발견하며 나를 알아가는 시간을 가졌다.

사실 생각만 하는 것도 대단하다. 내가 지금 어떤 삶을 살고 있는지, 미래에 어떤 사람이 되어 있을지 생각조차 해보지도 않는 사람이 대다수다. 일단 뭔가 바꿔보고 싶어서 이 책을 집어 든 스스로를 칭찬해 줘도 된다. 하지만 한번 생각해 보자. 지금과 똑같은 생활방식으로 그냥 살아도 죽기 직전에 아쉬움이나 후회가 없을까? 뭔가 아주 작은 변화라도 있으면 좋겠다고 생각할 것이다.

일단 미래에 대한 기대감부터 느끼자. 되고 싶고 하고 싶은 것이 있어야 실행할 이유도 생긴다. 지금 현실에 기반해서 이룰 수 있는 범위 말고, 리미티드 없이 생각해 보자. 초등학교 때 어이없어 보이던 과학 포스터처럼 말이다. 초등학교 때는 공상과학 영화에서처럼 날아다니는 택시는 터무니없다고 생각했지만, 무인 택시를 실제로 운행하는 나라도 있다. 상상이라고 치부했던 일도 기대를 하고 실현하고자 행동으로 옮기면 현재가 된다.

이미 우리는 알고 있다. 핵심은 실행, 실행력이란 걸 말이다. 실행이란 단어는 동사이며 명사인데, 거기에 군이 '력(力)'을 붙여서 합성어가 탄생했을까? 시작이 어렵기 때문이다. 시작이 쉬운 사람은 없다. 낯설고 모르는 것에 대한 호기심이 많은 사람도 두렵긴 마찬가지다. 하지만 '되고 싶은 미래의 모습'을 이뤄낸 내가 두려움보다 더 기대된다면 할 수 있다.

'력(力)'에는 '힘, 힘을 쓰다, 부지런히 일하다' 외에도 우리가 생각지도 못했던 뜻이 같이 있다. 사전을 찾아보면 '심하다, 어렵다, 매우 힘들다'라는 뜻도 있다. 생각만 하고 있지 말고 애써, 힘을 다해 생각이 몸을 움직이게 하면 된다.

이 글을 읽는 여러분은 자기 주도적으로 살았으면 한다. 중요한 일을 할 시간은 있다. 시간이 부족하다는 생각이 들겠지만, 방법을 찾아보면 시간은 만들 수 있다. 나도 잘 알고 있다. 어렵다는 생각에, 잘할 수 있을지에 대한 걱정에 시작하는 것이 망설여질 수 있다. 하지만 지금 우러러보는 그 사람들도 미숙한 처음이 있었다. 누군가의 평범한 이웃인 작가들이 삶에 투자하는 시간을 보낸 경험을 적었다. 이 책이 여러분에게 도움이 되기를 바란다.

작가 김태희

한 번쯤 이런 생각 해 보셨을 겁니다. "나중에 해야지! 지금은 너무 바쁘니까." 사실 저도 그랬습니다. 하고 싶은 일이 많지만, 시간 없다는 핑계로 미룰 때가 있습니다. 미룬 만큼 불편한 마음도 커졌죠.

이 책을 쓴 열 명의 작가들이 먼저 움직였습니다. 직장, 가정, 자기계발, 재테크, 취미, 행복 등 여러 가지를 동시에 챙기다 보면 "시간이 없다."라는 말이 무의식적으로 툭 튀어나올 텐데, 그들은 더 이상 미루지 않고, 스스로 시간을 만들어 내는 법을 터득했습니다. 그 과정에서 '버킷리스트'를 하나씩 이루어 나가며, 이미 이룬 성취를 되돌아보고, 그 성취를 기반으로 더 큰 목표로 나아가는 '리버스 리스트'를 작성한 셈입니다. 그들의 이야기를 읽으면, 당신도 충분히 해낼 수 있겠다는 자신감과 자긍심을 얻게 될 것입니다.

이 책에는 바로 실천할 수 있는 작은 루틴과 실질적인 노하우들이 담겨있습니다. 예를 들어, 인터컨티넨탈호텔 숙박권에 당첨된 경험, 내 집 마련의 과정, 건강한 몸을 유지하고 보디 프로필을 찍은 이야기, 낯선 해외 연수를 다녀온 경험, 도서 지원 인플루언서가 된 과정, 번 아웃을 극복하는 방법, 다양한 자격증을 취득하며 퇴사 후에도 자기 주도적인 삶을 준비하는 등 누구나 지금 당장 적용할 수 있는 구체적인 팁들이죠. 작가들이 발견한 더 나은 나를 위한 투자(Better), 효율적인 시간 관리(Efficiency), 취미와 특기 개발(Skill), 나만의 시간 확보(Time)라는 네 가지 핵심 가치를 통해, 당신만을 위한 시간, BEST를 설계할 차례입니다.

이제 더 이상 미룰 필요가 없습니다. 평범한 삶에서 한 단계 성장할 결단을 내렸다면, 바로 오늘이 당신의 차례입니다. 열 명 작가의 노하우를 레버리지 할 기회가 당신 앞에 와 있으니까요. 작가들의 BEST 설계 덕분에 공동 저자 출간 기획을 마무리할 수 있었습니다. 그들이 저에게 주었던 이 소중한 경험을, 이제 당신이 이 책을 통해 경험할 차례입니다.

당신의 BEST 순간은 이 책을 선택하는 지금부터 시작될 것입니다. 시간이 없다고 느껴질 때, 이 책을 펼쳐보세요. 미룰 수밖에 없었던 당신에게 새로운 시간이 만들어질 겁니다. 이 책 읽는 건 더 이상 미루지 않기를.

— 이윤정, 파이어 북 라이팅 코치
《10년 먼저 시작하는 여유만만 은퇴 생활》 저자

차 례

제1장
Better - 나를 위한 투자

제2장

Efficiency - 할 일이 산더미였지만

Time - 그럼에도, 나를 위한 시간

제1장

Better

–

나를 위한 투자

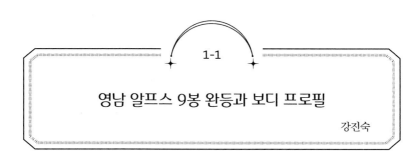

영남 알프스 9봉 완등과 보디 프로필

강진숙

코로나가 처음 유행하던 시기였다. 평소 바쁜 일정 때문에 평일 저녁은 가족들이 모이기가 어려웠다. 하지만 코로나 덕분에 매일 저녁 모두가 TV 앞에 모였다. 당시 가장 재미있게 시청한 프로는 '미스터 트롯'이었다. 이전에는 시장이나 마트에 가서 장을 봤지만, 그때 처음으로 쿠팡이나 온라인 마트를 이용하게 되었다. TV 보는 시간과 집에 머무는 시간이 늘어나면서 따분함과 무료함이 찾아왔다. 사람들과 어울리며 활동적으로 지내는 것을 좋아하는 나는 점점 답답함을 느꼈고, 새로운 시도를 하고 싶었다.

2021년, 울산시는 영남 알프스 9봉 프로젝트를 시행했다. 가지산, 간월산, 신불산, 영축산, 천황산, 재약산, 고헌산, 운문산, 문복산 9개의 산 정상에서 인증샷을 찍으면 기념 은화를 주는 방식이었다. 이 프로젝트는 1년 동안 전국의 등산객들을 끌어모았다. 산양을 만날 수 있는 고헌산, 케이블카를 타고 중턱까지 오를 수 있는 천황산, 갈대가 장관인 간월산 등 영남 알프스에는 매력 있는 명소로 가득했다.

이 프로젝트에 대해 알게 된 것은 습관 만들기 모임에서 만난 강진영 원장을 통해서다. 자그마한 체구에 등산 마니아인 그녀는 이미 완등 했지만, 9월부터 11월까지 다시 나와 함께 9봉을 등반해 주었다. 나는 특히 비 오는 날의 산행이 좋았다. 나무 향이 평소보다 진하게 느껴져서, 공기가 맑아서, 사람들이 붐비지 않아서였다. 9봉을 완등하는 날, 하산을 1시간 남짓 앞두고 쉬어서 산장에서 라면과 막걸리를 먹었다. 최고의 맛이었다. 산 아래 펼쳐진 절경을 보며 완주에 대한 뿌듯함을 만끽했다. 강 원장은 "강 자매 9봉 완등"이라는 작은 미니 현수막까지 준비해 왔고, 그 세심한 배려에 또 한 번 감동했다.

기념 파티를 마치고 하산하면서 어느 순간 강 원장과 나는 길이 엇갈렸다. 날이 어두워졌다. 휴대폰 배터리는 10%도 채 남지 않았다. 방향을 잡지 못한 채 길을 헤매기 시작했다. 강 원장은 결국 119에 신고했다. 산에서 길을 잃었을 때 119를 부를 수 있다는 사실을 그때 처음 알았다. 내가 있는 위치를 설명해야 하는데 그럴 수가 없었다.

이곳저곳 헤매다가 나무 사이로 하늘이 보이자, 그곳을 향해 전력 질주했다. 드디어 지산마을 1km라는 표지판이 있는 곳에 도착했다. 배터리를 아끼기 위해 휴대폰을 끄고 켜기를 반복했다. 짐승이 다가올 때를 대비해 비상용으로 챙겼던 우산을 꺼냈다. 출동한 구조대원을 만났을 때는 생명의 은인을 만난 기분이었다. 그렇게 강 원장과 재회하고 하산했다. 무사 귀환한 나를 위해 남편은 산에서 길을 잃었을 때 필요한 생존팩을 선물했다. 화려한 에피소드를 남기며 첫 번째 영남 알프스를 완등했다.

2022년, 두 번째 도전에는 새로운 목표가 추가되었다. 등산 멘토 강 원장과 함께 보디 프로필을 찍는 것이다. 그녀는 이미 4년째 보디 프로필을 촬영해 왔다. 이번에는 나도 함께하기로 했다. 그해 12월 홍대에 있는 보디 프로필 전문 사진관에 예약을 잡았다. 월 1회 등산만으로는 몸을 제대로 만들기에 부족했다. 사진관을 예약한 다음 날부터 24층 아파트 계단을 매일 걸어서 올라갔다. 처음에는 숨이 가빠 힘들었다. 점차 요령이 생기면서 호흡에 집중하며, 좋아하는 음악을 들으며 운동했다. 평소 먹던 밥의 양을 반으로 줄였다. 저녁은 7시 이전에 고구마, 샐러드, 닭가슴살 위주로 간단하게 해결했다. 몸무게는 줄었지만, 원하는 근육은 만들어지지 않았다.

12월 9일, KTX를 타고 홍대로 향했다. 그날은 마침 첫눈이 내렸다. 김해에서는 눈 구경이 쉽지 않기에, 펑펑 내리는 눈을 보며 기분이 좋았다. 스튜디오에 도착해 머리 손질과 화장을 받고 준비한 의상을 입었다. 전신 거울 속 내 모습이 마음에 들지 않았다. 체계적인 식단 관리와 운동량이 부족했던 탓이다. 촬영 기사님께 양해를 구하고 컨셉을 바꿨다. 보디 프로필 대신 정장 스타일로 촬영했다. 다행히 결과는 만족스러웠지만, 원래 목표를 이루지 못한 아쉬움이 남았다.

다음날 울산에 있는 사진관에 보디 프로필 촬영을 다시 예약했다. 8개월 뒤인 2023년 여름이었다. 이번에는 실패하고 싶지 않았다. 헬스장에 주 2회 PT 수업을 등록하고 본격적인 몸만들기에 돌입했다. 점심시간에도 식단을 지키고, 매일 체중을 체크하며 근력 운동에 집중했다. PT가 없는 주말에는 가까운 산을 등반하거나 헬스장에서 개인 운동을 했다. 복근이 드러나기 시작했고, 조금씩 목표에 가까워졌다. 드디어 두 번째 보디 프로필 촬영 날, 준비한 권투 장갑과 운동복을 들고 촬영장으로 향했다. 그곳에는 여러 개의 컨셉룸이 있었다. 각종 운동 도구, 선글라스와 액세서리, 슈즈 등 다양한 소품들도 준비되어 있었다. 평소에는 카메라 앞에서 자연스러운 표정을 짓는 걸 어려워했지만, 강 원장님과 스튜디오 사장님의 도움으로 네 시간 만에 무사히 촬영을 마칠 수 있었다.

인생은 장기 프로젝트다. 중도에 길을 잃거나 원하는 결과가 나오지 않을 때 포기하고 싶은 순간도 있다. 영남 알프스 9봉 완등과 보디 프로필 촬영을 통해 아무리 어려운 일도 끝까지 해낼 수 있다는 자신감을 얻었다. 그 과정을 즐기는 법도 배웠다. 마음 맞는 친구를 얻었고, 건강한 몸을 만들었으며, 올바른 식단을 터득했다.

이제 건강 습관은 내 삶의 일부가 되었다. 주 2회 헬스와 주 1회 등산은 앞으로도 계속될 것이다. 올해로 네 번째 영남 알프스 완등에 도전 중이며 2030년까지 10년 완등을 목표로 하고 있다. 코로나로 시작된 새로운 취미는 이제 나의 인생 프로젝트가 되었고, 나는 계속해서 자신을 단련하며 목표를 향해 나아가고 있다. 균형 잡힌 몸을 만들어 주는 헬스와 아름다운 산의 사계절을 만날 수 있는 등산은 더 나은 나를 위한 투자의 시작이었다.

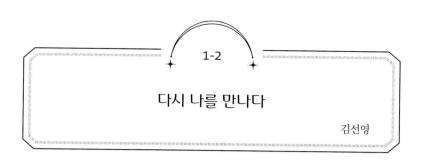

다시 나를 만나다

김선영

20대의 나는 마치 분주한 개미 같았다. 대학을 졸업하자마자 영양사와 위생사 면허를 취득하고 곧바로 사회생활을 시작했다. 업무 능력을 키우기 위해 한식조리기능사와 바리스타 자격증을 연이어 취득했다. 건강을 챙기기 위해 요가도 배웠다. 그때는 내 모습이 자랑스러웠다. 하지만 결혼 후 아이를 낳으며 상황이 바뀌었다. 나는 전업주부가 되었다. 나를 위해 쏟았던 시간은 가족을 위한 시간으로 대체됐다. 언제부터인가 무슨 일을 하든 무기력해졌고, 뒤로 미루는 습관이 생겼다.

2022년 11월 어느 날부터 극심한 번아웃에 시달렸다. 불 꺼진 거실에 홀로 앉아 눈물을 흘리며, '왜 이렇게 살아야 하는 걸까?', '언제까지 이렇게 살아야 하는데?', '더 이상 이렇게 살고 싶지 않아.'라는 푸념 섞인 말들이 꼬리를 물었다. 문득 이렇게까지 열심히 달려온 이유를 돌아봤다. '내가 진짜 원하는 삶은 무엇일까?' '지금 내가 필요한 것은 뭐지?'라는 질문에 대한 답을 찾고 싶었다.

첫걸음은 독서였다. 답답한 마음을 풀 곳이 없어 무작정 전자책을 펼쳤다. 그때 만난 책은 《김미경의 마흔 수업》이었다. 마치 나에게 직접 말을 건네는 것 같았다. 김미경 강사는 '공부는 평생 해야 한다'라고 강조하며 '엄마도 충분히 내 삶을 찾아 나갈 수 있다'라고 격려해 주었다. 그것을 계기로 결혼 후 평소 읽지 않았던 책을 다시 읽기 시작했다. 해가 바뀌어도 나는 계속 읽고 또 읽었다. 서평단에 지원하면서 책을 받고 서평도 썼다. 이렇게 몇 개월간 다양한 분야의 책을 읽다 보니, 다시 공부가 하고 싶어졌다.

2023년 4월, 여유가 없다며 미뤄왔던 자격증 공부를 시작하기로 결심했다. 방법을 찾던 중 시간이 자유로운 온라인 수업을 신청했고 다양한 분야에 도전했다. SNS 마케팅 전문가, SNS 마케팅 지도사, 독서지도사 1급과 2급, 방과후학교 지도사 2급, 심리상담사 2급, 자기주도학습 지도사 1급, 유튜브 크리에이터 전문가 1급까지 총 여덟 개의 자격증을 취득했다.

책을 읽고 온라인 강의를 들으며 매일 조금씩 자신을 되찾아갔다. 자신감 넘치던 과거의 나를 다시 발견한 느낌이었다. 자격증이 도착할 때마다 가슴이 벅차올랐다. 그 과정을 통해 더 나은 삶을 사는 방법을 배웠다. 누군가에게 의존하지 않고 스스로가 만들어 가는 삶에 대한 수업이었다. 이렇게 경험한 나만의 시간과 자기 계발 기회는 삶에 큰 변화를 불러왔다.

첫째, SNS 마케팅 전문가와 SNS 마케팅 지도사 자격증을 통해 온라인 플랫폼에 대해 이해할 수 있었다. 평소 SNS라는 공간은 인플루언서들만의 영역이라 생각했지만, 이제는 평범한 사람도 자신의 목소리를 낼 수 있는 기회가 넘치는 공간임을 알게 되었다. 브랜딩과 마케팅을 통해 자신의 세계를 만들고 있었다. 결이 맞는 사람들이 모여 효과를 내고, 행복한 삶을 위한 정보를 공유하고 있었다. 가슴이 두근거렸다. 나도 새로운 가능성을 발견할 수 있을 것 같았다.

둘째, 독서와 자격증 공부를 통해 마케팅을 배웠다. 개인이나 소규모 사업을 운영하는 사람도 다양한 지식을 활용할 수 있었다. 특히 소셜 미디어와 콘텐츠 마케팅 전략을 통해 많은 사람과 소통할 수 있었다. 독서지도사 자격증은 자녀와의 소통과 문해력 향상에 도움이 되었다. 올바르게 질문하며 사고력을 키울 수 있도록 다양한 방법을 아이에게 적용해 보고 있다.

셋째, 심리상담사 자격증을 통해 나와 주변 사람들의 감정을 이해하고 공감할 수 있게 되었다. 상담 기술을 통해 습득한 대화 기술은 남편과의 소통과 나의 고민 해소에 큰 도움이 되었다, 자기주도 학습 지도사 자격증은 내면의 나를 알아가고 스스로 문제를 해결할 힘을 주었다. 상처받고 작아졌던 마음에 위안을 얻으며 다시 한 번 자신감을 되찾을 수 있었다.

마지막으로, 유튜브 크리에이터 전문가 자격증을 공부하면서 어렵게만 느껴졌던 영상 제작이 훨씬 수월해졌다. 인스타그램 릴스를 만들어 피드에 올리고, 아이 학교 과제인 꿈끼(아이의 꿈과 끼를 발표하는) 동영상을 직접 제작했다. 촬영부터 자막, 배경음까지 손수 편집하여 완성했다. 배우지 않았다면 불가능했을 일이다.

육아와 집안일로 바쁜 시간 속에서 강의를 듣고 공부하기가 결코 쉽지는 않았다. 하지만 중요한 것은 포기하지 않았다는 점이다. 우리는 종종 중요한 일을 할 시간이 없다고 생각하며, 급하지 않지만 해야 하는 중요한 일들을 뒤로 미루곤 한다. 그러나 나의 경험을 통해 깨달은 것은 중요한 일을 미루지 말고 '지금 당장 시작'해 보라는 것이다. 자기 계발, 재테크, 건강관리, 요리 등 원하는 것이 무엇이든 내 삶에 투자하는 시간은 절대 헛되지 않다.

번아웃은 오히려 나를 더 나은 삶의 방향으로 이끄는 계기가 되었다. 번아웃에서 벗어나기 위해 공부를 시작하면서 잃어버렸던 '김선영'이라는 자아를 다시 찾았다. 여덟 개의 자격증은 나의 다양한 능력을 증명해 주었고, 그 결과 SNS를 통해 알게 된 사람들과 도움을 주고받고 있다. 나를 위한 시간을 허락했을 뿐인데, 나와 연결된 모든 사람에게 긍정이라는 비타민을 전달하고 있다.

앤절라 더크워스의 《그릿》에서는 "성공은 재능이 아니라 끈기와 열정에서 나온다. 포기하지 않고 꾸준히 노력하는 것이 중요하다!" 라고 말했다. 무기력하게 멈춰 있었다면 지금의 나를 만날 수 있었을까? 앞으로 1년, 3년, 5년 뒤 나를 미래의 위너로 정한다. 그런 나를 만나기 위해 오늘도 작은 변화를 시작한다.

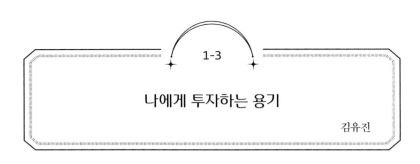

나에게 투자하는 용기

김유진

2013년 6월, 직장 생활 4년 차에 여름휴가 장소를 '영국'으로 정했다. 갑작스러운 것은 아니었다. 전부터 막연히 입사 3년 차쯤 되면 돈을 모아서 영국으로 유학 가고 싶었다. 너도나도 외국으로 공부하러 간다는 이야기가 심심치 않게 들려왔다. 나도 선진지에서 배우고 오면 '더 잘할 수 있지 않을까?' 하는 기대 심리도 있었다. 막상 가려고 하니 유학 관련해서 준비된 게 하나도 없었다. 영국의 언어인 영어부터 막혔다. '유학 준비 전에 미리 가볼까?'하는 생각이 들었다. 결국 여행으로 경로를 바꿨다. 당시 회사 여름휴가는 최대 7일이었다. 하지만 영국을 7일만 가자니 너무 짧게 느껴졌다. 대표님께 열흘 동안 다녀와야 하는 이유를 말씀드렸다. 영국에 가서 정원을 직접 보고 오고 싶다는 이유였다. 의외로 허락이 쉽게 떨어졌다. 바로 비행기 표부터 결제했다. '취소 수수료가 아까워서라도 저지르면 하겠지'라는 생각이었다. 무슨 용기였을까?

일을 저지르고 나니 오만가지 생각이 들었다. 두려웠다. 영어를 잘해서 의사소통이 잘 되는 것도 아니었다. 누구와 동행하는 것도 아니었다. 하지만 다른 한편으로는 열흘을 어떻게 활용할 수 있을지 고민했다. 비행기 타는 시간을 제외하면 영국에 있는 시간은 8일이다. 가고 싶은 정원을 고르는데 설렜다. 영국에 유명한 '큐 가든', '위즐리 가든'을 비롯하여 런던의 '하이드파크', 코츠월드 지역의 '가정 정원', 콜체스터 지역의 '베스 차토 가든'을 선택했다. 이왕 가는 거 어릴 때부터 가보고 싶던 '그리니치 천문대'를 비롯해 관광지도 추가했다. 8일 일정은 금방 채워졌다. 여행 계획은 아주 간단했다. 날짜별로 장소를 적어 넣는 걸로 끝이었다. 계획을 꼼꼼하게 세운 것처럼 보였지만 구멍이 많았다. 처음으로 나 혼자 떠나는 여행의 시작은 허술하기 짝이 없었다. 그렇게 출국 날짜가 다가왔다.

출국하는 날 부모님께 다녀오겠다고 말씀드렸다. 부모님 성격상 기쁘게 허락하실 것 같지 않았다. 역시나 예상이 맞았다. 된통 잔소리만 들었다. 기분이 가라앉았다. 조심히 잘 다녀오라는 말을 듣고 싶었는데 나의 욕심이었다. 부정적인 이야기에 용기가 작아졌다. '벌써 저질렀는데 어떡하지? 가지 마? 지금 와서? 뭐가 더 나은 선택일까?' 머릿속에 생각만 가득 찼다. 이러지도 못하고 저러지도 못하는 사이에 비행기 출발 시간이 됐다. 멀리 창밖에 비행기가 이륙하는 모습이 보였다. 내 인생은 내가 결정하는 거니까 괜찮다. 마음을 달랬다.

열흘 동안 한국에 없다는 사실이 떨렸다. 두려움일까? 기대감일까? 비행기가 이륙하고 나니 이제 정말 되돌릴 수 없다고 생각했다. 영국 가는 동안 마음은 수십 번도 더 갈팡질팡했다. 용기를 낸 나에게 칭찬하면서도 평소와 다른 환경에 놓인다는 두려움도 컸다. 열 시간이 넘는 비행시간을 견디고 런던에 도착했다. 영국에 있는 게 맞는지 실감 나지 않았다. 하지만 눈에 들어온 풍경은 한국과 달랐다. 하늘도 건물도 사람도 모두 달랐다. 핸드폰을 열었더니 자동 로밍으로 영국시간과 한국시간이 같이 떠 있었다. '아, 정말 내가 영국에 와있구나' 하는 생각이 들었다. 영국 여행의 첫날이었다.

영국에서 8일은 순식간에 지나갔다. 미리 계획했던 곳을 전부 돌아다녔다. 하루를 이렇게 알차게 보냈나 싶을 정도로 뿌듯한 시간이었다. 영어 중에 제일 많이 쓴 단어는 '익스큐즈 미'와 '땡큐'였다. 의사소통은 단어들의 나열과 보디랭귀지의 연속이었다. 엉성한 질문에도 알아듣고 설명해 준 사람들이 고마웠다.

영국 정원의 역사는 100년이 훌쩍 넘는다. 그래서 완성형에 가까운 정원들이 많다. 영국인들이 월등히 뛰어나서 영국 정원이 훌륭한 것은 아니다. 역사가 긴 만큼 다양한 경험들로 채워졌기 때문이라고 생각한다. 정원에 들인 그들의 시간과 경험이 부러웠다. 내가 생각하기에 정원이 발달할 수밖에 없었던 환경과 문화가 보였다. 영국과 우리나라는 많은 것이 다르다. 하지만 우리나라도 시간과 경험이 있다면 영국 정원처럼 발전할 수 있을 것 같았다. 저들도 했으면 우리도 할 수 있단 용기가 생겼다. 덕분에 영국 유학보다 우리나라에서 하는 정원 경험이 더 중요하다고 생각할 수 있었다. 정원의 본질을 알게 됐다. 정원 공부의 시작을 식물로 하게 됐다.

영국 여행 내내 잊지 않았던 것이 있다. 바로 영국에 오고 싶었던 이유다. 영국 유학 준비 전에 미리 영국의 정원을 경험하고 싶었던 마음 말이다. 돌아오는 비행기 안에서 영국 유학은 머릿속에 지웠다. 대신 앞으로 무엇부터 공부해야 하는지 알게 됐다. 만족스러운 여행이었다. 여름휴가가 끝난 후 다시 식물 공부를 시작했다. 우리나라 환경에 잘 맞는 식물 종류가 무엇인지 알아갔다.

40여 년간 가드닝을 한 가드너 타샤 튜더는 《타샤의 정원》에서 이런 말을 했다. '정원은 족히 완성되려면 12년이 걸린다'라고 말이다. 내 생각도 같다. 정원은 단기간에 완성되지 않는다. 정원에 들어갈 식물을 고르는 것에서부터 언제 심고 언제 가지를 자를지까지 고민해야 한다. 지금 나열한 방법보다 더 많은 것을 파악해야 한다. 도중엔 식물이 죽는 실패도 겪는다. 아이러니하게도 실패해 봐야 더 잘 알게 된다. 하지만 괜찮다. 원래 그런 거다. 정원에 시간을 들이면 들일수록 눈에 띄게 달라지는 모습을 볼 수 있다. 그 과정에서 오는 만족감은 경험해 봐야지만 알 수 있다.

　나에게 하는 투자도 마찬가지라고 생각한다. 가끔 돌아가기도 하고 쓸데없는 투자인가 싶을 때도 있다. 시작과 끝이 계획과는 아주 다를 수도 있다. 하지만 그것조차도 다 성장하는 과정일 뿐이다. 시간이 흐른 후 지금, 이 순간이 내게 어떤 결과로 되돌아올지는 아무도 모른다. 식물도 꽃을 피우고 열매를 맺기 위해서 양분을 자신에게 투자한다. 나의 투자 결과도 이처럼 완성되길 바란다. 영국 유학을 생각했던 막연함이 직접 정원을 보고 싶었던 간절함을 만났다. 열흘 동안 배우고 느꼈던 것들이 현재까지 나의 가드닝에 큰 영향을 미치고 있다. 마음이란 사실 들쭉날쭉 한다. 도전하고 싶을 때도 있고 미루고 싶을 때도 있다. 도전하고 싶은 순간을 잘 포착하자. 그리고 잊지 말고 저지르자. 어쩌면 새로운 투자를 호기롭게 시작할 수 있을지 모른다. 나에게 투자하는 용기를 내자.

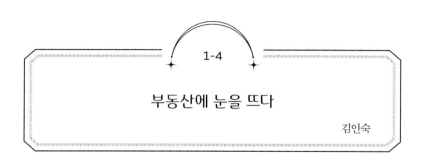

부동산에 눈을 뜨다

김인숙

결혼 후 공무원 임대아파트에 거주한 지 어느새 6년이 흘렀다. 마지막으로 전세 재계약을 했다. 2년 뒤에는 공무원 임대아파트에서 나가야 했다. 어떻게든 이사 갈 집을 구해야 한다. 내가 살고 싶은 아파트로 이사하기 위해서는 3억이 넘는 돈이 필요했다. 하지만 모아둔 돈이 많지 않았다. 이왕이면 전세보다는 내 집을 갖고 싶었다. 대출을 받아서 집을 사고 싶지는 않았다. 최대한 가진 돈에 맞춰서 이사 갈 집을 찾아야 했다. 이사 가고 싶은 아파트는 가격이 비쌌다. 반면에 가진 돈으로 이사 갈 수 있는 곳은 마음에 들지 않았다. 너무 오래됐거나, 상권이 멀거나, 학교가 멀거나, 주변에 술집이나 모텔이 많았다. 예산에 맞춰 마음에 쏙 드는 집을 찾는 게 쉽지 않았다.

우연히 친구를 통해 분양권[1]에 대해 알게 됐다. 분양권은 입주 때까지 2~3년 동안 돈을 더 모을 수 있다는 점이 매력적이었다. 도안 신도시나 죽동지구 청약에 도전했지만 보기 좋게 미끄러졌다. 대전 사람들에게 인기 많은 도안 신도시는 이미 프리미엄이 1억 넘게 붙어 있었다. 프리미엄까지 더한 가격이 4억이 넘었다. 자연스럽게 대전보다 분양가가 저렴한 '세종시'로 관심이 갔다. 행정 도시로 새롭게 건설되는 세종시 분양권은 3억 정도면 매수 가능했다. 발 빠른 사람들은 이미 세종시 분양권을 두세 개씩 가지고 있었다. 기존의 분양권은 물론이고 대전과 세종에 분양을 앞둔 단지들도 찾아봤다. 직장 선배가 귀띔해 준 대전 부동산 커뮤니티에도 가입했다. 부동산 커뮤니티에서 관심 있는 아파트 정보를 검색했다. 그 아파트가 얼마나 선호도가 있는 단지인지, 살기에는 어떤지 알 수 있었다. 지역과 부동산에 대해 잘 아는 고수들이 쓴 글 덕분에 공부가 됐다. 아파트의 장단점과 입지적인 특징은 물론이고 미래 가치에 관한 설명도 있었다. 내 집 마련 후보로 두고 있던 단지들을 비교해 볼 수 있었다. 아이를 키우면서 살기 좋은 동네가 어디인지, 학원가와 상권이 잘 형성되어 있어 생활하기 편리한 동네는 어디인지, 지금 분양하는 단지 중 사람들이 더 좋아하는 곳은 어디인지 알 수 있었다.

---

1   아파트 따위의 건물을 양도받을 수 있는 권리

몇 달 동안 퇴근 후에는 아이를 재우고 매일 부동산 커뮤니티에 접속했다. 대전과 세종의 아파트와 택지지구[2]를 검색하고 공부했다. 덕분에 내 예산으로 우리 가족이 살기에 적합한 단지를 추려낼 수 있었다. 결국 공무원 임대아파트 만기 시점에 입주할 수 있는 세종시 분양권을 프리미엄[3] 천만 원을 주고 샀다. 천만 원이라는 돈은 우리 가족에게 큰돈이었다. 몇 날 며칠을 고민했다. 세종시지만 대전과 딱 붙어 있어 출퇴근하기 멀지 않은 점이 마음에 들었다. 그리고 프리미엄까지 더한 금액이 대전의 분양권이나 기존 아파트와 비교해 봐도 쌌다. 그 정도면 우리 가족이 감당할 수 있는 수준이었다. 당시 대전, 세종 부동산 시장은 거의 바닥이었다. 미분양[4]이 넘쳐나던 때였다. 덕분에 운 좋게 저렴한 가격으로 분양권을 잡을 수 있었다.

부동산의 '부' 자도 모르던 내가 내 집을 갖고 싶다는 열망으로 시간을 투자했다. 그 결과 운 좋게 내 집에서 살 수 있는 권리를 약간의 돈을 얹어서 살 수 있었다. 우리 가족의 첫 번째 보금자리였다. 금강 변에 위치해 저녁 식사 후 매일 강변을 산책할 수 있는 행복한 시간을 선물해 줬다. 현재는 우리 가족의 든든한 자산이다. 내 집 마련은 끝났지만, 부동산 공부를 이대로 끝내긴 아까웠다. 시간을

---

2 주택을 건설하기 위해 지정한 지구
3 웃돈
4 분양 물량의 일부 또는 전부가 분양되지 않음

더 투자해야겠다는 결심을 했다. 아무것도 모르던 분야였지만 꾸준히 시간을 투자하면 좋은 결과를 얻을 수 있다는 경험을 했다. 덕분에 기분 좋게 '부동산'이라는 분야에 관심을 가질 수 있었다.

하지만 내 주변에는 부자도 부동산 전문가도 없었다. 부동산 공부를 어떻게 시작해야 할지 막막했다. 책에서 배워야겠다는 생각으로 무작정 책부터 읽었다. 동네 도서관에 있는 '부동산, 경제, 자기계발' 분야의 책을 닥치는 대로 읽었다. 경제·부동산 분야의 책을 100권 넘게 읽었다. 그리고 대전 모임에 강의를 들으러 갔다. 남편에게 아이를 맡기고 매달 한 번씩 강의를 들으러 가는 시간이 설렜다. 운 좋게 대전 모임에서 닮고 싶은 분을 만났다. 환갑이 넘은 나이에도 즐겁게 부동산 투자를 하시는 모습이 멋졌다. 덕분에 서울로 강의를 들으러 가게 됐다. 강의를 듣고 매주 임장⁵가는 생활은 지금까지도 이어지고 있다. 요즘은 인터넷 강의가 많아 강의는 대부분 온라인으로 수강한다. 하지만 토요일에는 여전히 임장한다. 독서하고, 지역을 알아가기 위해, 시세를 분석하기 위해 꾸준히 시간을 투자하고 있다. 나만의 시간을 쌓아온 지 어느새 10년의 세월이 흘렀다. 본격적으로 부동산 공부를 한 지도 8년이 됐다. 그 결과 스스로 결정하고 돈에 휘둘리지 않는 삶을 살게 되었다. 자산도 늘었다. 존재의 소중함을 알게 되면서 가족과의 관계도 더 좋아졌다. 그때 부동

---

5 현장에 직접 가서 해당 지역을 실제로 조사하는 것

산 공부를 시작하지 않았더라면 지금 어떤 인생을 살고 있을지 상상이 안 된다.

돌아보면 공부하지 않고서 온전히 성장하고 이뤄낸 것은 아무것도 없었다. 학창 시절에는 성적을 올리고, 좋은 대학에 진학하기 위해 공부하는 데 시간을 쏟았다. 대학 시절에는 좋은 학점을 따기 위해 노력했다. 취준생 시절에는 자격증을 따고 취업을 위한 시험을 준비하기 위해 시간을 투자했다. 취업 후에는 여전히 업무와 관련된 연수를 받고 자격증을 따는 데 집중했다. 최종 목표였던 취업을 하고 나니 원하던 일을 하면서 돈까지 벌게 돼서 만족스러웠다. 하지만 점점 연애하고, 결혼하고, 육아하느라 바쁘다는 핑계를 댔다. 일상에 밀려서 자신을 위한 공부를 하지 못했다. 생활에 치여서 자신을 위한 공부는 잊고 있었다.

그러던 어느 날, 내 집을 갖고 싶다는 목표가 생겼다. 좋은 집에서 가족과 함께 행복하게 살고 싶었다. 목표를 위해 내 안의 나를 들여다보았다. 나 자신에게 눈을 뜬 시간이다. 덕분에 자신이 원하는 것을 위해 시간을 투자하는 가슴 뛰는 시간을 다시금 가질 수 있었다. 뚜렷한 목표가 생긴 후에 시작한 나를 위한 공부는 행복의 기회로 되돌아왔다. 행복이란 무엇인지 스스로에게 묻고 답을 찾아가는 값진 시간이었다. 조금은 치열하고 가끔은 힘들었다. 하지만 목표를 위해, 더 나은 삶을 위해 자기 주도적으로 행복을 찾아가는 시간이었다. 목표를 이루기 위해 시간을 투자하는 사람이 얼마나 될까? 생각보다 많지 않다. 그러니 조금만 노력하면 노력하는 사람에게 더 큰 기회가 오지 않을까?

부동산 공부할 때는 세 가지에 집중했다. 첫째, 명확한 목표를 정했다. 10년 안에 노후 준비를 끝낸다는 목표를 세웠다. 둘째, 매일 부동산 공부 시간을 확보하기 위해 노력했다. 매일 세 시간을 확보하기 위해 330 미라클 모닝(3시 30분 기상)을 실천했다. 그리고 주어진 시간을 알차게 사용했다. 셋째, 정기적인 자기 평가로 부족한 부분을 채웠다. 매일 해야 할 일, 매달 해야 할 일, 매년 해야 할 일을 정해서 잘해 나가고 있는지 자기 평가를 했다. 잘하고 있는 부분은 스스로 아낌없이 칭찬하고 부족한 부분은 더 많이 채우려고 노력했다. 그렇게 매일매일 집중해 갔을 뿐인데 내가 꿈꾸던 미래가 어느새 눈앞에 다가왔다.

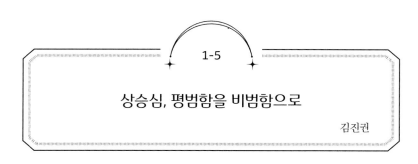

상승심, 평범함을 비범함으로

김진권

"상승심"

　조금은 낯선 이 단어는 어린 시절 읽었던 용대운 작가의 소설 《태극문》을 통해 알게 되었다. 이야기는 주인공이 '상승심'으로 노력해서 완전무결한 고수가 된다는 평범한 이야기였다. 그런데 이 이야기를 지금까지 기억하는 것은 주인공이 다른 소설들처럼 기연을 통해 엄청난 비급을 전수하였거나 특별한 재능을 타고난 천재의 이야기가 아니었기 때문이다. 주인공 '조자건'은 평범한 인물이었지만 강한 집념과 끈기의 소유자로 '노력하는 자만이 성공할 수 있다'라는 단순한 진리를 무협 소설 이야기로 보여 준 책이었다.

　책에서 특별한 비법을 배우기 위해 들어왔던 동문은 평범한 무술만 연습하는 것에 실망하고 포기했다. 그러나 주인공은 단순한 동작의 무술을 가르침대로 반복하며 허점이 없는 완벽한 동작으로 승화시켜 나갔다. 결국 평범하다고 하찮게 여기는 무술로 천하제일이 된다는 이야기였다. 지금 보면 웃음도 나올 수 있는 이야기이지만 어린 시절 이 책을 통해 '상승심'에 매료되었고 어떤 분야든 누구보다 더 높은 경지에 도달하고 싶다는 막연한 욕심도 가지게 되었다.

제일 처음 욕심이 생긴 분야는 운동이었다. 농구를 좋아해서 동호회 팀도 만들고 여러 대회에 참가했다. 중학교 때는 마라톤을 했었는데 완주한 당일 하루 만에 몸무게가 5kg이나 빠진 것이 기억에 남는다. 또, 격투기에 관심을 가져서 태권도 3단에 킥복싱도 했었다. 이때 시합을 나가기 위해 스파링과 식단 조절로 3주에 13kg까지 감량도 했었다. 이 정도로 운동에 진심을 담은 것은 소설 속의 주인공처럼 완성을 향해 나가고 싶다는 열망이 있었기 때문이었다. 생각해 보면 젊었고 하고 싶은 게 너무나 많았던 나이였다.

그중에서 지금까지 가장 오랜 기간 하는 운동은 웨이트 트레이닝이다. 약 22년 정도 하고 있는데 다른 운동에 비해 시간과 공간의 제약이 없고 타인과의 약속이나 접촉 없이 혼자서도 할 수 있는 운동이어서 오랫동안 할 수 있었다. 한번은 20년 이상 근육운동을 하게 된 이유에 대해서 생각해 봤다. 시작은 분명 누구보다 강해지고 싶다는 단순한 열망에서부터였다.

웨이트 트레이닝은 조급함과 자만심을 허락하지 않는 운동이었다. 아무리 빨리 힘이 세지고 싶어도 오늘 50kg을 겨우 들었다. 다음날 바로 100kg을 드는 것은 불가능했다. 초기에 무리하게 무게를 늘리다가 근육을 다쳐서 오랫동안 아팠던 기억이 아직도 남아있다. 이 운동은 강해지고 싶었던 나에게 그것이 어렵다는 것을 뼈저리게 알게 해주었다.

'상승심'으로 하루빨리 강해지고 싶었던 열망은 웨이트 트레이닝을 통해 인내와 기다림으로 바뀌었다. 운동을 해본 사람은 알겠지만, 벤치프레스 무게를 60kg에서 80kg으로 늘리는 것도 오랜 시간이 걸린다. 그리고 체육관에 운동 고수가 100kg 이상을 멋지게 들어 올리는 것을 보고 초심자가 한 번에 따라 할 수는 없다. 웨이트 트레이닝은 자신의 부족함을 느끼게 해주고 욕심만으로 원하는 걸 쉽게 이루어 낼 수 없다는 것도 알게 해준다. 대신 하루의 노력을 성실히 쌓아가며 성취감을 느낄 수 있게 해주는 운동이다.

운동을 오랜 기간 꾸준히 수련하는 분들의 모습을 보면 책에서 봤던 고행하는 수도승이 떠오른다. 누가 시키지 않아도 스스로 정해놓은 약속과 규율을 지키며 남들이 보기에 힘들기만 한 동작을 반복한다. 오랫동안 운동을 하면서 만나본 사람들에게 '왜 이 운동을 하느냐'고 질문을 했었다. 그런데 그들의 대답은 언제나 항상 같았다.

"재미있잖아요!!"

당연하게도 그들은 운동 그 자체의 재미를 느끼고 있었다. 누가 시켜서 50kg, 100kg을 드는 것이 아니라, 스스로 50kg, 100kg을 들면서 성장하는 뿌듯함을 느끼는 것이다. 또, 늘어나는 무게와 운동 기간이 축적되면서 달라지는 모습에 스스로 만족감도 얻을 수 있다. 운동을 통해서 도달하고 싶었던 이상적인 모습에 차근차근 가까워지는 과정만큼 짜릿한 경험은 없을 것이다. 이런 즐거움은 꼭 남이 알아주지 않아도 스스로 만끽할 수 있는 충만함이다. 《태극문》의 소설 속 주인공이 같은 동작을 꾸준하게 할 수 있었던 것도 어쩌면 이런 충만함이 있었기 때문이었을 것이다.

운동은 꼭 완벽한 몸을 위해서만 하는 것은 아니다. 예전에는 성장과 강함이 목적이었다면, 불혹을 넘긴 지금은 건강과 생활의 활력을 유지하기 위함으로 바뀌었다. 웨이트 트레이닝이라는 운동, 그 자체는 변한 것이 없다. 나이가 들면서 스스로 운동을 통해 얻고자 하는 것이 달라진 것이다. 다행히도 운동을 꾸준히 해 온 지금, 40대의 일반적인 친구들보다는 비교적 탄탄한 몸을 유지하고 있는 거 같다.

처음에 나를 움직이게 하는 단어는 '상승심'이었다. 분명 이런 열정과 경쟁심은 시작에 있어 긍정적인 동기부여가 된다. 또, 누구와 비교하거나 의식해서 하는 것이 아니라, 내 마음속에 자리 잡은 열망으로 움직일 수 있게 한다.

그런데 열정으로 시작한 일을 오랜 기간 유지하려면 즐거움이 있어야 한다. 보상이 있어야 삶에서 꾸준함을 유지할 수 있는 원동력이 된다. 어떤 분야든, 각고의 노력을 하고도 보상이 주어지지 않는다면 그 일에서 의미를 찾기는 어렵다. 금전적인 보상이 아니더라도 스스로에게 성취감과 만족감을 줄 수 있어야 한다. 나도 22년 동안 운동을 꾸준히 할 수 있었던 것은 성취감이라는 보상이 있었기 때문이었다.

처음으로 관심을 가진 분야를 시작하는 것은 미지의 영역으로 들어가는 것과 비슷하다. 모르는 곳을 나아간다는 것은 두렵고 어려운 일이다. 하지만 '상승심'과 같은 열망을 가지게 되면 시작이 수월해질 수 있다. 그리고 스스로 세운 목표를 달성하기 위해서는 꾸준히 경험과 노력을 쌓아야 한다. 그러려면 그 루틴 자체에서 즐거움을 느낄 수 있어야 한다. 어쩌면 루틴이 단순해 보이고 누구나 할 수 있는 평범한 일이라고 생각할 수도 있다. 하지만 꾸준히 반복하고 완벽한 수준으로 끌어올리는 건 아무나 할 수 없다. 쉬워 보이는 조깅도 꾸준하게 한다면 분명 평범하지 않은 수준까지 도달할 수 있다. 올림픽 마라톤 금메달리스트들의 시작도 분명 평범한 조깅에서 시작했을 것이기 때문이다.

오늘의 평범함을 내일의 비범함으로 바꾸는 것은 꾸준함이다. 모든 일에 당연한 것은 없고 의미 없는 것은 없다. 그 평범한 일에 의미를 부여할 수 있는 것은 결국 반복적인 연습을 통해 차원이 다른 실력을 쌓는 것이다. 말하기도 누구나 할 수 있지만 성우나 아나운서처럼 말하는 것은 누구나 할 수는 없다. 소설 《태극문》의 주인공도 평범한 무술을 특별한 경지로 만든 것은 누구나 할 수 있는 것을 아무나 할 수 없는 수준으로 끌어올렸기 때문이었다. 무엇을 하는 것보다 어떻게 하느냐가 더 중요할 수 있는 것이다. 당신도 자신의 분야에서 기초부터 시작하여 허점이 없는 완전무결한 고수가 되길 기원한다.

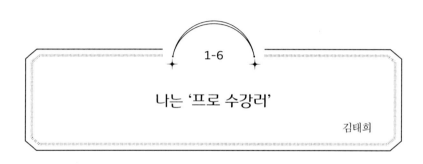

나는 '프로 수강러'

김태희

"그럼 그냥 프로 수강러네." 불과 몇 달 전에 들은 말이다. 맞다! 나는 프로 수강러다. 초기에 프로 수강러는 긍정적인 의미가 강했다. 자신의 가치를 높이기 위해 혹은 배우고 싶은 것을 적극적으로 배운다는 뜻의 합성어이기 때문이다. 자격증 취득이나 커리어를 위해 명확한 목표를 갖고 강의를 듣는 사람, 체계적으로 계획을 수립하는 사람, 시간을 효율적으로 쓰는 사람, 자기 계발을 하는 사람이 이에 속한다.

하지만 요즘은 부정적인 단어가 됐다. 강의만 듣는다는 비아냥이다. 배운 걸 실생활이나 직무에 활용하지 않는 사람들이 많아서다. 시간을 흘려보내지 않고 여가 시간에 발전적인 뭔가를 하는 자기 모습에 만족한다. 배우는 것 그 자체가 취미가 되어 버린 경우다.

배운 것을 지식으로 남겨두고 실천 대신 교양만 쌓는다. 학원비로 얻는 것은 '나는 이런 것도 아는 사람이야!'라는 자부심뿐이다.

시작은 10년쯤 전이었다. 의지라고는 없이 삶을 그저 시간의 흐름에 맡겨두고, 강물에 둥둥 떠다니는 죽은 물고기처럼 살았었다. 그러다 이대로는 안 될 것 같아서 삶의 활력을 주기 위해서 뭔가를 해야겠다고 생각했다. 그때 떠오른 것이 중학교 때 본 영화의 주인공이 연주하던 첼로였다. 따뜻하지만 힘이 느껴지는 음색에 반했었다. 초등학교에 다닐 때 피아노를 쳤다. 첼로의 음계는 피아노처럼 높은음이 아니라 낮은음자리에 있었다. 악보를 한눈에 알아볼 수 없어 너무 답답했다. 도가 어느 자리인지 표시했다. 도레미파솔라 음을 세어가며 손가락으로 자리를 짚었다. 그런 내 모습이 좀 한심해 보였다. 그러다 편하게 연주하고 싶어서 '바이올린이나 플루트를 배울까?'라는 도피성 생각을 하기도 했다. 그때의 나는 그저 새로운 시작으로 작은 성공을 쌓아 자아존중감을 올리고 싶었던 것인지도 모르겠다. 소심한 완벽주의자인 나는 첼로를 시작한 지 두 달 만에 다시 둥둥 떠다니는 물고기로 되돌아갔다.

그렇게 5년 정도의 시간이 흘렀다. 다시 뭔가를 해야겠다는 생각이 들었다. 고등학교 때 음악 선생님이 음악실 교탁에 '척'하고 기다란 악기를 올리고 연주해 주셨던 장면이 떠올랐다. 부드러운 음색이 공간을 가득 채웠다. 일반 교실이 아니라 기능성 있게 따로 지은 음악실이라서 공간이 좀 넓었는데도 리드미컬한 음율이 공간을 메웠다. 교과서에서 이름은 배웠지만 실물은 처음 봤던 '가야금'을 배우기로 했다. 시작은 12현 전통악기였다. 하지만 소리가 고1 때의 들었던 그 느낌이 아니었다. 명확하게 표현하지 못하는 음들이 많았다. 연주 소리가 만족스럽지 않았다.

학원 공용공간에서 연습하다 하프 같은 소리가 들렸다. 연습 중이던 그분에게 다가가 악기 이름을 물었다. 개량된 '25현 가야금'이라고 했다. 음역도 넓고 풍부한 음색으로 팝이나 대중가요를 연주해도 커버되는 매력이 있었다. 배울 선생님을 알아보기도 전에 악기부터 질렀다. 취미용으로 만든 25현 가야금 중에서 제일 멋있어 보이는 걸로 골랐다. 국악기만 만드는 회사에서 나온 금장 장식에 술도 풍성한 가야금을 구매했다. 소모임에서 가야금을 전공한 선생님을 찾았다. 그녀의 연습실을 방문해서 배웠다. 연습할 때마다 하프같은 아름다운 음색에 매료되어 내가 틀려도 그저 그 소리를 듣는 것 자체도 힐링이었다. 그런데 곧 문제가 생겼다. 드럼처럼 양손이 따로 놀아야 멋진 연주가 가능한 악기였다. 한두 시간 정도 연습해선 소리가 잘 나지 않자 속상해졌다. 곧 이사를 가게 되었다. 그렇게 석 달의 시간은 멋진 인테리어 소품만 남겼다.

그러다 코로나가 오고 낭떠러지 같았던 주가 그래프가 반등했다. 부동산도 꿈틀대기 시작할 무렵이었다. 시대의 흐름에 맞춰 나도 주식과 부동산을 배우고 싶은 마음이 들었다. 주식에 대해서는 딸랑 책 한 권만 읽은 상태였다. 유튜브에서 주워들은 진위를 감별할 수 없는 정보들이 넘쳤다. 한국 주식은 합리적으로 움직이는 것 같지 않았다. 투자가 어렵다고 생각했다.

우연히 월급쟁이 부자들(이하 월부)을 알게 되었다. 자상한 아빠 같은 너바나 대표가 알려주면 부동산 공부도 잘 따라갈 수 있을 것 같았다. 먼저 월부 유튜브를 챙겨 듣고, 단계별로 펼쳐진 강의를 들었다. 조별 모임에 참여 신청을 하고 조장도 했다. 임장으로 한 번에 5만보 이상을 걸었다. 성남시 수정구 태평동 임장에서 고관절이 아프기 전까지는 무릎이 아픈 정도는 무릎보호대와 파스, 진통제로 이겨냈다. 고관절이 아픈 건 방법에 문제가 있는 게 아닐까 싶었다, 일단 잠깐 쉬어야겠단 생각이 들었다. 그러다 또 다른 강의를 발견했다.

부동산을 매매할 때는 세금을 고려해야 한다. 관절이 아파서 쉬어야 하는 지금이 미뤄왔단 세금 공부를 하기에 적합한 시기라고 생각했다. 월부에 개설된 세금 유튜버 제네시스박의 강의를 들었다. 너무 쉽고 명쾌하게 설명했다. 직접 개설한 강의까지 찾아 들은 지 벌써 2년 차가 됐다. 그리고 지금은 부동산은 싸게 사는 것이 진리라는 말에 작년 가을부터 부동산을 싸게 매수할 수 있는 치트 키, 경매를 공부하고 있다. 중간중간에 현금 흐름을 만들 수 있는 고시

텔, 공용사무실이나 스터디 카페 같은 공간대여 강의도 들었다.

강의를 듣다가 독서의 중요성을 깨달았다. 그래서 거실에 TV 대신 대형 책장을 두었다. 강의로 쌓인 지식과 책들의 응원 덕에 실행력이 두려움을 앞서게 되었다. 작년에는 처음 투자한 아파트를 1년 안에 팔아서 수익을 냈다. 지금은 수강했던 여러 종류의 공간대여 강의 중에서 파티룸을 시작했다. 몰랐던 새로운 것을 알게 되는 것이 나한테는 힐링이었다. 그런 마음으로 시작해 한 번에 2~3개의 강의를 듣기도 했다. 뇌에 잘 정리했을까 싶을 때도 있지만, 결국엔 도움이 되었다. 필요할 때 수업 자료를 찾아보거나 기억에서 끄집어냈다. 프로 수강러의 장점은 필요할 때 강사에게 문의할 수 있다는 것이다. 그렇게 질문하며 열정을 보이면 멘토가 되어 평소에도 도움을 주시기도 한다.

우울증에 빠져있었다. 방 안에서 처박혀 있던 사람이었다. 목적지 없어 홀로 둥둥 떠다니던 물고기 같았다. 그 물고기가 호기심을 갖고 무리를 따라갔다. 잘살아 보고 싶어졌다. 삶의 비전도 썼다. 목적이 생긴 것이다. 주변 사람들이 요즘 표정이 환해졌다고 한다. "어떻게 이렇게 긍정적이야? 내가 말 안 했었는데 언니가 내 롤모델이야.", "부담스러워할까 봐 말하지 않았었는데, 다른 사람한테 언니가 내 멘토라고 했어. 언니랑 얘기하면 뭔가 방법이 생각나.", "어쩜, 실행력이 대단해요. 강의 듣고 바로 파티룸을 차리다니~" 같은 소리를 듣고 있다. 배우는 것 자체만으로도 즐거웠던 강의들이 나 자신을 변하게 했다. 혼자 해내기 어려운 일이 생기면, 나를 도와줄 환경부터 찾아본다. 내 이상향 모습을 찾아가니, 어느 순간 주변 사람들이 나를 이상향으로 바라보고 있었다.

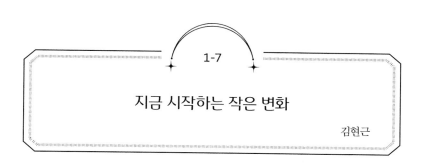

지금 시작하는 작은 변화

김현근

 사십 대 중반이 된 지금, 나는 십오 년간의 직장 생활을 마무리하고 새로운 길을 가려 한다. 평탄하게 흘러온 인생에 변화를 준다는 것은 솔직히 두려운 일이다. '조금 더 젊었을 때 도전했으면 어땠을까?'라는 생각도 들지만, 더 늦기 전에 변화를 시작하려고 한다. 아직 내가 선택한 길이 올바른지는 알 수 없지만, 더 나은 미래를 위한 도전이라는 믿음으로 나아가고 있다. 자기계발서와 인문학 관련 책을 많이 읽어서일까? 이제는 어떤 변화가 닥쳐도 버틸 수 있을 것 같은 자신감이 생겼다.

 예전에는 평범한 회사 생활이 답이라고 생각했다. 대기업에 취업하고, 결혼하고, 아이를 낳고, 안정된 직장에서 나이 들어가는 것이 행복한 삶이라고 믿었다. 나도 그렇게 살고 있었다. 직장 생활도 나쁘지 않았고, 큰 어려움 없이 하루하루를 보냈다. 그러나 시간이 지나면서 체력은 점점 떨어지고, 피로가 쌓였다. 퇴근 후에는 운동보다는 휴식이 우선이었고, 소파에 누워 시간을 보내는 날이 많아졌다. 그러다 보니 체중이 증가했고, 건강 상태도 점점 나빠졌다. 심혈관 건강과 당수치가 나빠지면서 미래에 대한 불안이 엄습해 왔다. 단지 직장 생활을 충실히 했을 뿐인데, 몸은 점점 무너져 갔다.

특히 첫 아이가 태어나고 나서는 건강뿐 아니라 노후에 대한 걱정도 커졌다. 지금보다 더 건강이 나빠지면 어떻게 될까? 부정적인 생각들이 머릿속을 지배했다. 이때 처음으로 나의 재정 상태를 점검하게 되었다. 지금의 연봉과 생활비를 고려했을 때, 내 평범한 직장생활만으로는 노후를 대비할 수 없다는 사실을 깨달았다. 최소한의 생활비를 유지하기 위해서는 앞으로 30년은 더 일해야 했다. 하지만 그만큼 일할 체력도, 직장에서 연봉이 크게 오를 기대도 부족했다. 나는 큰 결단을 내리기로 했다.

이러한 고민 속에서 나에게 가장 큰 위안과 도움을 준 것은 독서였다. 군 복무 시절 이후 오랜만에 다시 책을 집어 들었고, 그 책은 로버트 기요사키의 《부자 아빠 가난한 아빠》였다. 이십 대 중반에 처음 이 책을 읽었을 때는, 단순히 대기업 취업이 전부라고 생각했다. 책에서 말하는 파이프라인이나 자산 구축의 개념은 당시의 나에게는 전혀 와 닿지 않았다. 그러나 이번에 다시 읽었을 때는 그

의미가 완전히 다르게 다가왔다.

저녁 산책길에서 나는 내 삶의 방향에 대해 깊이 고민했다. 산책하며 삼십 분에서 한 시간 정도 혼자만의 시간을 보내면서, '어떻게 하면 더 나은 미래를 만들 수 있을까'라는 질문을 스스로에게 던졌다. 대략 삼 개월 동안, 이 질문에 대한 답을 찾기 위해 노력했다. 물론 빠른 실천도 중요했지만, 큰 결정을 내리기 전에 충분히 고민할 필요가 있다고 생각했다. 후회하지 않기 위한 결정이기 때문이다.

결국 내가 내린 결론은 '나 자신에게 투자하는 것'이었다. 내가 할 수 있는 것 중 하나는 연봉을 높이는 방법을 찾는 것이었고, 또 다른 하나는 새로운 사업을 시작하는 것이었다. 그러나 직장에서의 연봉 상승은 기대에 미치지 못했고, 더 이상 경력만으로 연봉을 크게 올릴 가능성도 작았다. 그때부터 나는 사업을 하는 쪽으로 눈을 돌리기 시작했다.

나는 현재 특허사무소에서 일하고 있다. 처음에는 자연스럽게 변리사 자격증을 고민했지만, 영업력이 없으면 사업에 한계가 있을 것 같았다. 변리사라는 직업은 특정 분야에 국한되어 있었고, 내가 원하는 자유로운 사업 활동과는 조금 거리가 멀었다. 그러다 공인중개사 자격증에 눈길이 갔다. 공인중개사는 변리사보다 영업 범위가 넓었고, 투자 관점에서도 활용도가 높아 보였다. 공인중개사 자격증을 통해 나는 더 많은 가능성을 열 수 있다고 생각했다.

처음에는 무료 인터넷 강의를 듣기로 했다. 공부는 의외로 순조롭게 시작되었다. 머릿속에 정리가 잘 되는 듯했고, 자격증 시험도 쉽게 느껴졌다. 그러나 약 4개월이 지난 후 첫 모의고사에서 충격적인 점수를 받고 나서야 그 생각이 잘못되었다는 것을 깨달았다. 공인중개사 시험은 생각보다 훨씬 어려웠고, 단순히 강의만 듣는 것으로는 부족했다.

그때부터 나는 본격적으로 자격증 공부에 몰두했다. 퇴근 후 저녁 9시부터 새벽 1시까지 강의를 듣고 복습하는 생활이 이어졌다. 주말이면 도서관에서 종일 공부했다. 회사에서도 쉬는 시간마다 틈틈이 기출문제를 풀었다. 출퇴근 시간에도 스마트폰을 이용해 문제를 풀었다. 이러한 꾸준한 노력 끝에 1년 넘는 시간 동안 공부한 끝에 공인중개사 자격증을 취득할 수 있었다.

공인중개사 자격증을 따면 내 인생이 크게 달라질 줄 알았다. 그러나 자격증을 취득한 후에도 당장 현실은 변하지 않았다. 생활비와 안정된 수입에 대한 걱정 때문에 창업을 바로 시작하기에는 부담스러웠다. 그래서 창업은 잠시 미루기로 했다. 그런데도 자격증을 취득한 이후, 직장 생활에 대한 마음가짐은 크게 달라졌다. 언제든 내가 원할 때 퇴사할 수 있다는 마음의 여유가 생겼기 때문이다. 직장에서의 스트레스는 줄어들었고, 미래에 대한 걱정보다는 지금의 일에 더 집중할 수 있었다.

그러던 중, 나는 부동산 공부를 꾸준히 하기로 결심했다. 그 첫걸음으로 시작한 것이 블로그였다. 처음에는 일기 형식으로 글을 쓰기 시작했지만, 점점 흥미를 잃어갔다. 방문자 수나 조회 수에 집착하며 블로그를 운영하다 보니 지치기 시작했다. 그래서 방향을 바꿨다. 부동산 관련 지식과 은퇴 준비에 대한 글을 쓰기 시작했고, 도서 리뷰도 함께 포스팅했다. 그렇게 꾸준히 글을 쓰다 보니 나의 블로그는 점점 성장했고, 이웃들이 늘어났다. 공감과 댓글이 달리기 시작하면서, 글을 쓰는 즐거움이 다시 생겼다. 블로그를 운영하면서 문득 '책을 쓰고 싶다'라는 생각이 들었다. 블로그에 꾸준히 글을 올리는 작은 실천이 결국 나를 변화시켰다는 것을 깨달았다. 작은 시작이었지만, 그 시작이 큰 변화를 만들어냈다.

이제는 내가 깨달은 것을 많은 사람에게 말해 주고 싶다. 작은 실천이 큰 변화를 만든다는 것이다. 지금 읽고 있는 책에 대한 도서 리뷰를 블로그에 올리는 것부터 시작해 보자. 그 책에서 느낀 점이나, 삶에 적용할 수 있는 내용, 혹은 다른 사람에게 추천하고 싶은 부분을 정리해 보는 것이다. 길지 않아도 괜찮다. 중요한 것은 꾸준히 실천하는 것이다. 실천은 곧 변화의 시작이다.

내가 평범한 직장인에서 작가로 변신하는 과정은 생각보다 복잡하지 않았다. 블로그를 시작하고, 작은 글을 쓰는 것부터 차근차근 실천했다. 그렇게 7년이 지나면서 나는 자신을 바꿀 수 있었다. 사람들은 큰 변화를 원하지만, 작은 시작을 무시하는 경우가 많다. 그러나 나의 경험을 통해 배운 것은 지금 당장 시작하는 작은 변화가 인생을 바꿀 수 있다는 것이다. 지금이 바로 그 순간이다. 나에게 주어진 이 시간은 나의 밥그릇을 키우는 가장 중요한 시간이다.

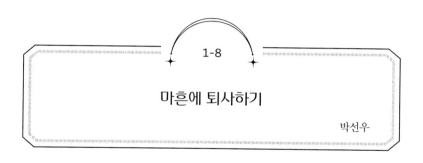

마흔에 퇴사하기

박선우

마흔에 퇴사하기를 꿈꾸었다. 삼십 대는 회사 업무에 모든 에너지를 쏟아부었다. 회사는 내 삶의 중심이었다. 회사 업무로 가득 찬 일상 안에서 살아가는 게 당연하다고 생각했다. 힘든 순간도 많았지만 마흔에 퇴사라는 목표가 있어서 버틸 수 있었다. 그때가 되면 내가 원하는 삶을 살 수 있을 거라 믿었다. 항상 에너지 넘치는 사람처럼 보이다 보니, 회사에서는 다양한 업무를 내게 맡겨 주었다. 그때마다 새로운 업무를 배우고, 성과를 내는 게 기쁨이고 행복이었다. 어느 날 엄마가 편찮으셔서 새벽에 구급차를 타고 응급실에 가야 하는 상황이 발생했다. 가족 중 한 명은 병원에 동행해야 한다고 했지만, 이른 아침 회의 참석을 위해 한 치의 망설임도 없이 출근을 선택했다. 이후에 알게 되었지만, 응급실에 조금만 늦게 도착했다면 엄마가 돌아가셨을지도 모르는 위급한 상황이었다. 그때 나는 정말 무엇을 위해 이렇게 일하고 있는지 의문이 들었다. 다시 생각해도 후회가 밀려드는 순간이다.

퇴근하고 집에 오면 다음 날 회사 업무를 위해 에너지를 비축해야 했다. 늦은 시간 저녁을 먹고, 바로 침대에 누워 잠드는 것이 나의 일상이었다. 주말에도 마찬가지였다. 부족한 수면시간을 채우려고 정오까지 잠을 자야만 했다. 온 가족이 모이는 주말 아침 식사 자리에도 나만 빠졌다. 나를 위한 시간은 없었고, 오로지 회사 업무에만 집중했다. 어쩌면 나는 회사 업무에 집중하는 게 나를 위한 시간이라고 생각했는지도 모른다.

마흔 살에 퇴사하겠다는 목표만 있었다. 퇴사 후의 삶에 대한 구체적인 계획이 없었다. 고향에 돌아가서 단독 주택을 짓고 여유롭게 지내고 싶었다. 텃밭에서 유기농 채소를 직접 기르고, 지인들과 바비큐 파티도 하면서 살고 싶은 로망이 있었다. 단독 주택을 지을 수 있는 토지를 마련해 놓은 게 전부였다. 내가 원하는 삶을 살기 위한 준비가 미흡했다는 것을 알게 되었다. 그렇게 꿈꾸었던 마흔의 퇴사는 결국 미뤄질 수밖에 없었다.

에너지 넘치고 무슨 일이든 의욕적이었던 모습은 찾아볼 수 없었다. 그냥 시간만 흘려보내며 지내는 일상이었다. 퇴근하고 집에 와서 저녁 식사 후 침대에 누워만 있는 나를 발견했다. 문득 너무 불행한 인생을 살고 있다는 생각이 들었다. 주위에서 내가 가장 불행한 사람처럼 느껴졌다. 직장에 다니면서도 얼마든지 자신이 원하는 것들을 배우고, 즐기며 사는 사람들의 모습을 보게 되었다. 지금 당장 회사 업무 외에 무엇을 할 수 있을지 생각해 봐도 떠오르는 게 없었다. 늦은 퇴근 시간으로 새로운 것을 배우는 것조차 불가능하다고 생각했다. 야근을 아무리 해도 끄떡없었던 체력은 바닥이 났다. 무언가 시도할 의지도 사라졌다.

평소보다 일찍 퇴근한 어느 날, 창밖으로 수변 공원을 걷고 있는 사람들의 모습이 보였다. 활기차게 걷는 모습을 보니 나도 한번 저곳을 걸어 보고 싶다는 생각이 들었다. 학교 체육 시간을 제외하고 따로 운동해 본 경험이 거의 없었다. 수변공원을 산책하듯 걸어 보기로 했다. 운동은 싫어하지만, 자연 풍경을 보면서 감상하는 것은 좋아하는 편이라 가볍게 시작할 수 있었다. 좋아하는 것과 연결하니, 평소에 싫어하던 것도 쉽게 시도할 수 있게 되었다. 마흔을 넘어 처음으로 나를 위한 시간이 시작되었다.

걷기 운동을 시작하고, 내 안의 갑갑했던 마음과 생각들이 발걸음을 옮길 때마다 사라지는 것 같았다. 매일 수변 공원을 걸을 때마다 트랙 사이의 초록빛 나무들이 눈에 들어왔다. 숨 쉴 때마다 느껴지는 꽃향기, 풀 내음이 걷고 싶게 만들었다. 소나무 숲 사이에 있는 나무 벤치 의자는 나만의 아지트 공간이 되었다. 눈을 감고 소나무 향기를 맡으며, 호흡 명상을 했다. 머리가 맑아지고 몸 안에 좋은 에너지가 채워졌다. 일찍 운동하는 날에는 저녁노을을 볼 수 있었다. 휴양지에 와서 석양을 감상하고 있는 것 같았다. 늦은 퇴근으로 한 번도 볼 수 없었던 광경이었다.

수변 공원에 나갈 때마다 비슷한 시간에 매일 마주치는 사람들을 보았다. 나도 매일 걷기 운동을 해 보기로 마음먹었다. 막연하게 매일이라고 하면 작심삼일이 될 것만 같았다. 100일을 목표로 정했다. 날짜를 정하고 구체적인 목표를 세우면, 실행 가능성이 큰 나의 성향 때문이었다. 작심삼일이 반복되는 습관을 만들고 싶지 않았다. 평생 시간을 내어서 운동해 본 경험이 없어서인지, 일주일 정도 지났을 때 미루고 싶은 마음이 생겼다. 너무 하기 싫은 날에는, 현관에서 신발만 운동화로 갈아신고 무작정 밖으로 나갔다. 지금, 이 순간을 이겨내지 못하면 다시 예전처럼 회사 일에만 집중하는 삶으로 돌아갈 것 같았다.

매일 걷기로 한 결심은 내 삶을 서서히 바꿔놓았다. 걷는 동안 생각이 정리되었고, 나만의 시간을 온전히 즐길 수 있게 되었다. 나만의 시간을 보낸다는 것은, 앞으로 내가 원하는 삶을 준비해 가는 시간이었다. 수변공원을 산책하는 게 다른 사람들처럼 단순한 취미가 아니었다. 50일을 하루도 빠짐없이 매일 걸었다. 하루에 만 보 이상을 걷다 보니, 체중이 급격하게 감량되었다. 주변 사람들의 격정과 만류로 50일 만에 걷기 운동을 멈추고, 나머지 50일은 집에서 하는 홈트레이닝으로 운동 방법을 변경했다. 하루 30분 이상 폼롤러를 이용해서 하는 운동이었다. 그렇게 해서 100일 운동 목표를 완수했다.

100일 동안 운동을 지속하면서 체력이 좋아졌다. 퇴근 후 소진된 에너지를 충전한다는 이유로 더 이상 침대에 누워있지 않았다. 새로운 것에 대한 배움과 원하는 삶을 위한 기회의 시간으로 활용했다. 평소 배우고 싶었던 것들을 목록으로 정리하고, 관련 강의를 찾아보았다. 예전에 비해 다양한 분야의 온라인 강의가 있었다. 오프라인으로만 들어야 했던 수업들도 온라인 수강이 가능했다.

매일 퇴근 후 온라인 강의를 들었다. 지식을 쌓아가는 즐거움을 십 년 만에 느껴보았다. 성장에 대한 갈망이 강해서인지, 배우고 있다는 자체가 삶의 큰 변화로 다가왔다. 퇴근 시간 이후를 의미 있게 보내기 시작했다. 회사 업무로 소진된 에너지를 충전하는 시간에서, 내가 진정으로 원하는 삶을 준비해 가는 시간으로 바뀐 것이다.

나만의 시간을 갖고 싶지만 무엇을 해야 할지 몰랐다. 쉽게 시작할 수 있는 상황도 아니었다. 시작이 힘들었을 때 일정 기간을 정하고, 매일 꾸준히 실행할 수 있는 것을 찾아보았다. 한번 시작하면 성공할 수 있는 것들이다. 짧은 기간이어도 좋고 실행하는 시간이 짧아도 좋다. 예를 들면, 하루 5분 스트레칭, 10분 강의 듣기, 1페이지 독서 같은 것이다. 아주 작은 것이라도 바로 시작하기만 하면 미루기가 극복된다. 아주 작게 시작해도 습관으로 자리 잡으면 점점 지속하는 힘이 생긴다. 지금 당장은 퇴사를 잠시 미루고 있다. 그 대신 나만의 시간을 확보했다. 이제 더 이상 회사 업무에만 갇혀 있지 않고, 내가 원하는 것들을 시도하며 보내고 있다. 내가 원하는 삶은 이미 만들어지고 있다.

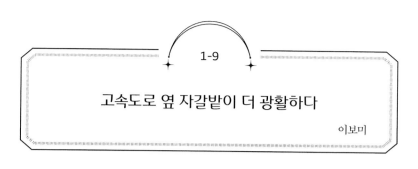

고속도로 옆 자갈밭이 더 광활하다

이보미

 남들 학교 다닐 때 나도 학교에 다녔다. 남들 회사 다닐 때 나도 그래야 하는 줄 알았다. 요즘은 학교에서 아이들 결석이 자유롭다. 여행을 가기 위해 체험학습을 사용할 수 있기 때문이다. 공교롭게도 나는 토할 정도로 아파도 학교 가라는 부모님 밑에서 자랐다. 초, 중, 고 내내 개근상은 나의 자랑이었다. 대학에 가니 결석을 해보고 싶었다. 그러나 그럴 용기가 있을 리 없다. 결국 서태지 콘서트를 보러 가겠다고 맨 뒤 문 옆에 앉았다. "이보미" "네" 평소보다 손을 반만 들고 대답했다. 의자에 엉덩이를 뗀 순간 팔, 다리가 후들거린다. "하나, 둘"을 마음속으로 외쳤다. 모든 동작은 3초 이내에 끝났다. 복도 벽에는 내 Jansports 가방이 딱 붙어 있었다. 가방 꽁다리에 손가락을 얹었다. 두려움이 스릴로 바뀌는 순간이다.

내 인생에 터닝 포인트가 생겼다. 항상 '나는 겁이 많은 아이'라고 생각했다. 부모님께 벗어날 수 없을 줄 알았다. 부모님은 내가 남들처럼 은행원이 되어서 평범한 회사원으로 살기를 바라셨다. 하지만, 잘 다니던 회사를 그만두고 자유롭지만 불안정한 직업인 영어 강사를 꿈꾸었다. 퇴근 후 저녁 시간조차 아까웠다. 임용을 기다리는 친구와 신촌에 있는 카페에서 영어 공부를 하기로 했다. "집에 사다 놓고 안 본 책을 찾아보자." 공교롭게도 둘 다 '영문법의 바이블'이라 불리는 《English Grammar in Use》를 골랐다. 친구는 빨간색 미국판, 나는 남색 영국판이었다. 처음엔 예문을 한 문장씩 읽고 해석했다. 문법이 머릿속에 잘 들어오지 않았다. 그러다 두세 번 읽고 나니 문법이 문장에서 어떻게 쓰이는지 이해가 되었다. 결국 문법 용어를 따로 공부하지 않아도 자연스럽게 그 문장을 쓸 수 있었다. 학창 시절 관계대명사, 왕래발착동사, 의문 부사와 같은 문법 용어가 어려워 늘 머리가 아팠다. '그래! 문법이 중요한 게 아니다. 그 문법을 말하고 쓸 줄 아는 것이 중요하지.' 나는 처음으로 영어가 언어라는 생각을 했다. 그리고, 영어가 좋아지기 시작했다.

두 번째 터닝 포인트는 폴과 에리카 선생님을 만나면서다. 영어 강사가 되기로 결심했다. 영어가 좋아져서 문법에 자신감이 붙었다. 이번엔 영어 회화 실력을 올리고 싶었다. 회사 가기 전 아침 일곱 시에 종로에 있는 어학원을 등록 했다. 폴과 에리카 선생님 영어 수업은 학생 네 명으로 시작했지만, 일 년 후 수백 명이 참여할 정도로 인기 수업이었다. 그들의 수업 방식은 강사 중심이 아닌 학생 중심이었다. 한 명의 강사가 설명하고 학생들이 필기하는 수업이 아니었다. 폴과 에리카 선생님 수업 후 모둠별 멘토와 함께 CNN 뉴스 섀도잉, 역할연기 등 학생들끼리 연습하고 평가하는 수업이었다. 《English Grammar in Use》를 공부하며 영어가 좋아졌다면 폴과 에리카 선생님을 만나고 학생 중심으로 영어를 가르치는 영어 강사가 되고 싶어졌다. 결국, 영어 강사가 되려고 회사를 그만두었다. 영국 어학연수를 결심하였다. 영어뿐만 아니라 문화를 알려줄 수 있는 선생님이 되고 싶었기 때문이다.

목표는 확고했다. 문제는 돈이었다. 직장에서 모은 돈으로 외국에서 생활하기에는 턱없이 부족했다. 직장 생활을 하다가 결혼하길 바라던 부모님을 설득하는 것이 더 큰 문제였다. 제일 먼저 목표를 이루기 위해 구체적인 계획을 세웠다. 학교는 한국인이 없고 학비가 비교적 저렴한 영국 북부 지방 대학 부설 어학원을 택했다. 숙박은 영국 학생들 문화를 직접 경험하기 위해 영국 기숙사 생활을 하기로 했다. 부모님을 설득해야 했다. 왜 꼭 어학연수를 가야 하는지 열 장이 넘는 보고서를 작성했다. 영어 공부의 필요성, 학교, 기숙사, 예산 계획서, 그리고 어학연수 후 어떤 방법으로 돈을 갚을 것인가에 대한 구체적인 방법까지 썼다. 가장 기억 남는 것은 마지막 장 나의 다짐 열 가지였다. 그중 세 가지를 소개하면 다음과 같다. 첫째, 영국에서 사는 동안 한국어를 쓰지 않겠습니다. 둘째, 어학연

수 비용은 한국에 돌아온 후 육 개월 후부터 매달 백만 원씩 갚겠습니다. 셋째, 주 일 회 부모님께 전화하겠습니다. 열 번째는 영국에서 절대로 남자 친구를 사귀지 않겠습니다. 부모님, 오빠가 모인 날 어학연수 보고서를 두 손으로 나눠줬다. 단호하던 아버지가 보고서를 보고는 "우리 딸 그동안 가르친 보람이 있구나."라고 말씀하셨다. 그리고, 부족한 어학연수 비용을 빌려주셨다.

이십 대 내 인생 첫 번째 도전은 영어 강사로서 끊임없이 도전과 성취를 반복할 힘이 되었다. 유아 시절부터 성인까지 영어가 어떻게 확장되는지 궁금해서 어린이집에서 세 살 아이에게 영어를 가르쳤다. 사립초에서 영어 실력이 출중한 아이들을 보며 공립초 영어 교과과정이 궁금해졌다. 초등학교에서 9년간 영어 강사로 근무하였다. 경력이 쌓이니 영어 교육 이론이 궁금했다. 한국인 선생님과 원어민 선생님 중 누가 가르쳤을 때 영어가 더 효과적일까? 모국어를 먼저 배워야 할지 아니면 어릴 때 다중 언어를 배워도 괜찮을까? 이 답을 찾고 싶었다. 영어가 외국어인 사람들을 대상으로 영어를 가르치는 영어 교수법을 배우기 위해 테솔 대학원에 입학했다. 이십 대 때 다부진 각오로 시작했던 도전이었다. 처음부터 남들보다 오래 걸려도 제대로 배우고 잘 가르치자는 생각뿐이었다. 그렇게 도전하고 경험한 일이 곧 이십 년이 되어 간다.

스무 살 때, 스페인에서 60대로 보이는 여행자를 만난 적이 있다.

그는 가장 후회하는 일을 얘기해주었다. 자신이 20대에 유학 갈 기회가 있었지만, 가지 못한 경험이었다. 그는 유학 대신 오래 사귄 여자 친구와 결혼해 가정을 꾸려야만 했다. 아이들 키우고 유학을 가려 했지만, 부모님이 연로해지셨다. 결국 유학을 포기했다. 나중으로 미루다 보니 점점 딸린 식구들이 많아졌다고. 그렇게 꿈을 접을 수밖에 없었다고. 살다 보면 다른 사람과 내 결정 사이에서 흔들려 하고 싶은 선택을 미룰 때가 있다.

난 어릴 때부터 겁이 많았다. 숙제 안 하면 큰일 나는 줄 알았다. 부모님 말씀도 당연히 따랐다. 20대에 부모님과 떨어져 영국에서 첫 독립을 시도한 적이 있다. 내 인생의 틀을 깨기로 했다. 진로를 스스로 정했다. 쭉 뻗은 고속도로 옆 자갈밭에 있는 다양한 기회의 돌을 하나씩 골라볼 것이다. 돌을 다듬듯, 재능을 다듬다 보면, 혹시 '천지창조'를 그린 미켈란젤로처럼 탁월한 재능을 발견할지도 모르니까. 변하지 말아야 할 것 두 가지가 있다. 나의 목표와 의지다. 목표와 의지만 있으면, 길을 돌아가도, 천천히 가도, 넘어져도 결국 목적지에 다다를 수 있다.

자격증 취득, 삶을 세공하는 시간

이복선

장맛비가 계속 오는 어느 날, 할 말 많은 50대 초반 다섯 명이 카페에 모여 앉았다. 아들을 통해 알게 된 동네 친구들이다. 자녀는 늦은 편이다. 조언을 듣는 시간이기도 하다. 초등학교 입학하면 부모의 손이 덜 갈 것이다. 그다음 중·고등학교만 가면 나아지겠지, 생각하고 버틴다. 친구들의 자녀는 대학을 졸업하고 취업했다. 또 다른 걱정이 생긴다고 한다. 부모의 역할은 끝이 없다 하며 모두 한숨을 쉰다.

직장은 어떠한가? 세대가 바뀌고 있다. 일을 하면서 후배들에게 밀리는 느낌이 든다. 사회 문화는 가속도를 내며 달라지고 변화한다. 직장에서 살아남기 어렵다. 변화를 앞서는 구조는 회사의 성과 창출 경쟁에서 살아남는 것이다. 그들만의 이익을 생각하고 현재의 20~30대에게 소비를 권장하는 구조다. 과거 회사에서 젊은 열정과 인생을 다 토해낸 중년의 조직장들은 그 자리를 지키기 쉽지 않다. 희망퇴직, 권고사직, 대기발령이 중년의 조직장을 기다리고 있다. 순수한 열정으로 회사가 전부라며 직장 생활했다. 그들에게 남은 건 자신을 사랑하지 않고 살아온 아쉬움이다.

멀리서 볼 필요도 없다. 주변 모습을 보면 앞으로 세상이 그대로 보인다. 정년퇴직하고 실업급여 받을 때는 모른다. 20대부터 50대까지 가정과 회사를 오가며 열심히 살았다. 해외여행 한번 안 가고, 친구들과의 관계도 단절되었다. 나만을 위한 시간을 보내지 못했다. 노년은 어떤 삶이 기다리고 있을까?

점점 늘어난 평균수명, 취준생, 결혼 안 하는 자녀들과의 동거, 50대, 60대에 일거리를 찾아 재취업을 노력해 보아도 최저 시급을 받기 어렵다고 말한다. 퇴직 후 삶의 희망에 가득한 일상이 눈으로 그려지지 않는 상황이다. 예전에 할 수 있는 일과 현재 할 수 있는 일이 다르기 때문이다. 잘못 살아온 것은 아니다. 변화에 맞춰 공부할 수 있는 시간을 만들지 못했을 뿐이다. 하루하루 살아가기도 힘들었던 인생 선배님의 모습이 어쩌면 그대로 답습할지 모른다.

직장에서 퇴직했을 때 나의 모습을 상상해 본다. 고개 숙인 내가 보였다. 그저 그렇게 학교에 다녔고, 그 시대 비슷한 시기 직장을 다녔다. 월급을 받아 가족이 하루하루 견디며 살아왔다. 그것이 전부이고 감사한 회사라 여겼다. 이것은 너무도 평범한 삶이다. 30대부터 준비했으면 더 나은 지금의 모습으로 살아갔을 것이다. 지금의 이 모습이 후회도 된다. 60대 중반의 지인은 말한다. "하루하루 먹고살기에 바빠서, 또 다른 사람들도 그렇게 살고 있으니까 나도 잘 살고 있다고 생각했어. 그래서 다른 건 눈에 들어오지 않았지. 그런데 이제 보니, 나를 위한 자기 계발이나 자격증이 필요하다는 걸 알게 되었어."라며 후회 반 아쉬움 반의 마음을 이야기한다. 그 말에 공감이 갔다.

마음의 변화가 일어났다. 이유는 변화에 대한 대비기 때문이다. 가정, 회사, 인간관계 등으로 갈등과 고난을 맞이했다. 삶을 이대로 멈출 수도 앞으로 나아갈 수도 없는 시기였다. 세상에 전부라고 믿었던 모든 것에 나만 그렇게 생각했구나! 깨닫는 시기가 온 것이다. 세상을 바로 보고 현재 상황 파악을 하게 되었다. 한동안 긴 시간 무엇을 했는지 먼저 생각해 보았다. 자신을 위한 일보다는 보이는 모습을 만드는 데 시간을 보냈다는 것을 알게 되었다. 늦다고 생각할 때가 가장 빠는 시기라고 한다. 지금부터 정신 차려 보자. 하고 싶은 나만의 꿈을 찾아보자.

어느 날 집 근처 거리를 걷고 있을 때 한 컴퓨터 학원이 눈에 들어왔다. 허름한 건물 2층으로 올라가 상담했다. 내 수준에 맞는 수업을 등록했다. 직장에서는 시키면 되던 것을 기초부터 조금씩 배워 나갔다. 일하면서 다른 사람의 도움을 받으면 계속 의지하게 된다. 자존감이 감소한다. 아는 만큼 보인다. 수업받으며 이해 안 되는 것이 순간순간 힘들었다. 그럴 때마다 강사는 컴퓨터는 기능이라며 운전면허와 같다고 말했다. 반복하면 내 지식이 된다는 것이다. 간단한 문서 작업을 통해 자신감을 얻었다. 일정 기간이 배우고 나니 학원에서 자격증 시험 응시를 권했다. 조금씩 공부를 하니 문서 작업에 대한 두려움이 사라졌다. 사람마다 지식을 습득하는 시간은 다르다. 천천히 이해해야 머릿속에 들어온다.

기술 자격시험도 마찬가지이다. 시험장 가는 날이 되면 친정엄마는 오만 원을 주신다. 그때마다 자격시험을 보러 가기 때문이다. 늘 합격의 바람은 이루어지지 않았다. 쉬는 날 공부하는 딸을 보며 안쓰러워하신다. 새벽에 일어나면 잠을 못 자면 근무 어떻게 하냐고 걱정하신다. 부모의 마음은 노래 가사처럼 하늘 같다. 그 응원과 걱정에도 합격은 쉽지 않았다. 스스로 불합격을 견디는 연습을 해본다. 만약 시험을 볼 때마다 합격했다면 어땠을까? 그 순간 세상을 다 얻은 것 같다고 느꼈을 것이다. 내 실력은 그 반대다. 부모의 사랑을 흠뻑 느끼고 나 자신도 좀 더 겸손해지는 시간이기도 하다.

몇 개월이 지난 후 컴퓨터, 회계 등 관심 분야의 자격증을 취득했다. 지금보다 더 넓은 공부를 계획해 본다. 시험 결과보다는 과정을 준비해 온 모습을 그려본다. 집중하려고 노력한다. 어깨에 손을 올려 토닥토닥해 본다. 떨어지는 것에 익숙해져 있는 스스로가 대견하다. 다시 도전하는 모습이 삶을 대하는 기본 태도가 되었다. 친정 엄마가 주던 철썩! 붙으라는 응원의 메시지 덕분에 여기까진 온 것이다.

과거에도 지금도 바쁜 건 마찬가지다. 현재가 감사한 이유가 있다. 공부하는 지금의 시간, 스스로 단단하게 만들어 가는 중이다. 수업 내용이 어려울 때도 있다. 반복의 힘만 있다면, 한 걸음만 나아갈 용기가 있으면 된다. 자격증 취득은 스스로에게 자존감을 높여 준다. 공부하는 일상을 보내고 공부하는 엄마로 딸로 하루하루를 보내고 있다. 결과도 중요하겠지만, 과정에서 더 큰 희열을 느낀다. 쉬운 것부터 앞으로 10년 꾸준히 노력할 계획이다. 공부하는 시간은 삶을 세공하는 것이다. 세공의 시간에는 작은 조각 조각의 성취감을 맛보는 순간의 행복도 함께 온다. 살아가는 지혜와 지식도 스스로에게 선물 할 수 있는 소중한 시간이다. 내 삶을 웃게 만들고 내 주변도 사람도 웃게 만들겠다.

제2장

Efficiency

–

할 일이 산더미였지만

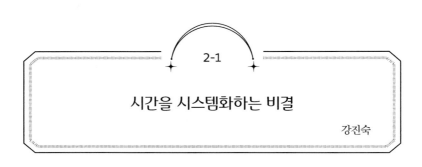

시간을 시스템화하는 비결

강진숙

하루는 누구에게나 24시간, 1,440분, 86,400초다. 중요한 것은 똑같이 주어진 시간에 대해 '나만 부족해' 또는 '나는 더 필요해'라고 고민하는 태도에서 벗어나 어떻게 좀 더 잘 관리하여 사용할 것인지 심사숙고하는 자세다. 《나를 위한 시간 혁명》에서 함병우 작가가 한 말이다.

우리 부부가 운영하는 ㈜제이피인터네셔널(JP International Co., Ltd)은 약 20명의 직원이 일하는 소규모 기업이다. 신입사원 면접 때 지원 이유를 물으면, 많은 지원자가 자유로운 연차 사용과 명절 추가 휴일 등 회사의 복지가 좋아 보였다고 말한다. 하지만 정작 회사를 경영하는 나는 연차를 전부 써 본 적이 없다. 일 외에도 개인적인 성장을 위해 시도해 보고 싶은 것이 많은데 늘 시간 부족을 이유로 미루기 일쑤였다.

2018년 3월, '아주 작은 습관의 힘'이라는 온라인 강의를 듣게 되었다. 강사에 따르면 사람들이 목표를 이루지 못하는 이유는 너무 거창하게 시작하기 때문이라고 했다. 하루 딱 한 가지, 1분 정도만으로 가능한 작은 목표부터 시작해 보라고 했다. 목표의 양과 시간은 나중에 조금씩 늘리면 된다고 했다.

나는 매일 아침 명상, 영어 단어 암기, 스트레칭을 시작했다. 100일 동안 지속하기로 목표를 정하고, 매일 실천한 항목을 체크할 표를 만들어 냉장고에 붙였다. 100% 달성하면 제주도 여행을 가겠다는 보상을 설정했다. 하루 10분이라 생각하니 부담 없이 시작할 수 있었고 마지막 날 100개의 동그라미가 채워졌다.

시간을 시스템화하는 첫 번째 방법을 나만의 습관 만들기에서 찾았다. 습관 만들기 달성 후, 독서 100일, 새벽 기상 100일 등 다른 목표로 확장해 나갔다. 한 번 성공하고 나니 이후의 목표들은 비교적 쉽게 달성되었다. 지금은 명상, 스트레칭, 외국어 공부, 감사 일기, 독서, 데일리 성공 노트 작성이 루틴이 되었다.

2024년 1월, 회사 워크숍에서 나는 '아주 작은 습관의 힘'을 주제로 팀원들에게 미니 강의를 했다. 내 경험을 공유했다. 그 결과 5명의 팀원이 금연, 한자 공부, 영어 공부, 헬스, 줄넘기를 자신의 목표로 정하고, 100일 습관 프로젝트를 시작했다. 우리는 카톡방을 만들어 실천 여부를 공유하며 서로에게 동기를 북돋웠다. 마침내 전원이 100일 목표를 달성했다. 그들이 자랑스러웠다.

'사나이의 꽃길' 초밥집에서 축하 파티를 열고, 서로를 마음껏 격려했다. 나는 미리 캔버스로 100일 성공 증명서를 만들어 모든 팀원에게 선물했다. 이들이 이번 경험을 시작으로 자신만의 또 다른 목표를 세우고, 그것을 지속해서 실천해 나가길 바란다. 이번 경험은 민지, 재완, 동재, 나영이가 한 단계 성장하는 계기가 될 것이라 믿는다.

두 번째 방법은 데일리 성공 노트를 적는 것이다. '위대한 경영자' 아카데미에는 '달팽이'라는 모임이 있다. 매주 일요일 아침 8시, 줌을 통해 1주일 동안 달성한 3M(몸, 마음, 머니)을 발표하고, 다음 주 계획을 공유한다. 다른 회원들의 좋은 습관을 배우고, 긍정적인 에너지를 나눌 수 있는 곳이다. 이 모임에서 알게 된 데일리 성공 노트는 하루 일정을 '계획'과 '기록'을 나누어 관리하는 방식이다. 왼쪽에는 시간대별로 오늘의 계획을 작성하고, 오른쪽에는 그 계획의 달성 여부를 기록한다. 이 노트의 상단에는 피터 드러커의 명언 '시간은 가장 희소한 자원이므로 그것을 관리하지 못하면 아무것도 관리하지 못한다.'고 적혀 있다.

데일리 성공 노트를 작성하면서 시간 관리를 체계적으로 할 수 있게 되었다. 중요한 일을 우선순위에 두고, 불필요한 일들을 과감히 폐기했다. 특히 주말 스케줄 관리에 큰 변화가 생겼다. 주말에는 늘어져 쉬는 것이 일상이었다. 노트를 작성하면서 주말에도 계획을 세워 실행했다. 쓰기의 힘을 실감할 수 있었다.

세 번째 방법은 자투리 시간을 활용하는 것이다. 예를 들면 도서관에 책을 반납할 때, 운영 시간이 아닌 때를 선호한다. 김해도서관의 대출실은 2층에 있다. 운영 중일 때는 주차 후 엘리베이터를 타고 2층까지 가서 반납해야 하지만, 운영 시간이 아닐 때는 1층 입구 반납함에 책을 넣기만 하면 된다. 단 10분 남짓의 차이지만 이 10분조차 소중하게 여기는 것이다.

《위대한 나의 발견, 강점 혁명》을 읽고 나의 강점 중 하나가 '성취'라는 것을 알게 되었다. 성취를 추구하는 사람들은 목표가 성취될 때마다 내면의 불꽃이 잠시 수그러들지만, 곧 다시 타올라 더 많은 목표를 향해 달려가도록 만든다. 나는 이 불꽃을 유지하기 위해 목표를 습관으로 만들고, 성공 노트 작성과 자투리 시간 활용을 통해 시간을 시스템화했다. 나는 점점 더 효율적이고 지혜로운 시간 관리자가 되어 가고 있다.

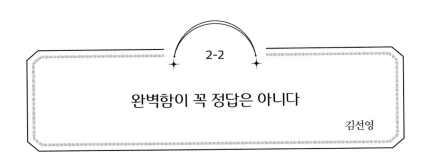

완벽함이 꼭 정답은 아니다

김선영

"집이 완벽하게 정리되어 있으면 좋겠어요!", "일이 계획대로 착착 진행되면 얼마나 좋을까요.", "가족들은 항상 웃는 얼굴이면 바랄 게 없겠죠.", "우리 아이가 공부도 운동도 모두 잘하면 참 기쁠 거예요.", "통장 잔액이 넉넉하다면 얼마나 마음이 편할까요?", "남편이 항상 웃는 얼굴로 나를 대한다면 행복할 거예요."

우리는 마음속으로 완벽한 일상을 꿈꾼다. 하지만 완벽함이 꼭 정답일까? 완벽함을 추구하는 것은 많은 에너지를 소모하게 한다. 그 이유는 완벽한 기준을 세워두면 예상치 못한 변수가 생길 때마다 그 기준에 자신을 묶어 더 많은 스트레스를 받기 때문이다. 물론 높은 목표를 세우는 것은 중요하다. 하지만 그것이 우리의 삶을 지배하게 해서는 안 된다. 완벽을 향해 나아가는 길은 좋지만, 그

길 위에서도 우리의 삶이 있는 그대로 충분하다는 사실을 인정하는 것이 더 가치 있다.

효율적으로 일한다는 것은 시간을 현명하게 쓰는 것이다. 일의 효율성을 높이려면 중요한 일과 덜 중요한 일을 분명히 구분하고 우선순위를 정하며 집중력을 유지해야 한다. 여기서 중요한 것은 결과가 아니라 그 과정 자체를 즐길 줄 아는 태도다. 계획이 틀어지더라도 그 과정에서 배울 기회를 찾는 것이 성장으로 이어지기 때문이다. 완벽한 결과보다는 불완전함 속에서의 배움이 더 큰 가치를 준다.

일상에서 나만의 시간을 확보하는 일은 매우 중요하다. 이는 정신적, 신체적 건강을 유지할 뿐만 아니라 삶의 효율성을 유지하는 중요한 방법이기 때문이다. 바쁜 일상에서도 자신을 위한 시간을 만드는 것이 삶의 균형을 지키는 핵심이다.

결혼 전 영양사로 일하던 시절이 떠오른다. 두 개의 업장을 동시에 관리하며 바쁜 일상을 보냈다. 근거리에 있는 두 업장을 번갈아가며 배식을 점검하고, 서류 작업과 위생 상태를 꼼꼼히 체크했다. 이 모든 일을 제한된 시간 안에 효율적으로 처리하려면 조리사들과의 협업과 업무 분배가 필수였다. 아무리 바빠도 나는 점심시간을 놓치지 않았다. 배식이 끝나면 빠르게 식사하고, 20분 정도 짧은 낮잠을 자면서 몸과 마음을 재충전했다. 이 짧은 휴식은 후반전을 위한 중요한 준비 시간이었다. 이렇게 리듬을 회복하고 나면 저녁 배식까지도 문제없이 관리할 수 있었다.

재고관리, 서류 작성, 발주 등으로 눈코 뜰 새 없이 바쁘게 일했지만, 우선순위를 정하고 체계적으로 일 처리를 하니 정시에 퇴근할 수 있었다. 퇴근 후에는 운동하고, 자격증 공부도 틈틈이 병행했다. 이런 시간은 나에게 에너지를 충전해 주었고, 다시 일에 집중할 수 있는 원동력이 되었다.

한때는 완벽함을 추구하며 야근도 불사하고 프레젠테이션을 준비했다. 하지만 그 과정에서 쌓인 스트레스는 결국 나를 쉽게 지치게 했다. 이런 경험을 통해 완벽함에 대한 집착을 내려놓고, 대신 효율적인 일 처리 방식을 배우기 시작했다. 중요한 일에 집중하고, 덜 중요한 일은 과감히 덜어내면서 더 많은 성취를 얻게 되었다. 그 결과 직장에서도 인정받고 개인적인 시간도 확보하면서 만족스러운 일상을 보낼 수 있었다.

시간의 소중함과 효율적인 사용법을 깨닫고 나니, 바쁜 일상에서도 중요한 것을 놓치지 않게 되었다. 많은 사람이 완벽함을 꿈꾸지만, 사실 모든 것이 완벽할 수는 없다. 완벽함을 이루기 위해서는 선택이 필요하고, 그 선택을 위해 포기해야 할 부분도 생기기 마련이다.

각자의 삶에서 중요한 것들을 우선순위에 두는 것은 인생의 방향성을 정하는 중요한 과정이다. 작은 일에 집착하기보다는 더 큰 그림을 보고, 나아가야 할 길을 명확히 설정하는 것이 필요하다. 나의 시간은 소중하다. 시간을 낭비하지 않고 자신을 돌아보며 성장할 기회를 만들어야 한다. 시간은 누구에게나 공평하게 주어지며 그 시간을 어떻게 활용하느냐에 따라 인생의 만족도는 크게 달라질 수 있다. 효율적으로 시간을 관리하고, 정말 중요한 일에 집중하는 것이 삶을 더 풍요롭게 만드는 길이다. 또한, 자신의 한계를 인정하고 필요한 때에 타인의 도움을 요청하는 것도 효율적인 삶을 위한 필수적인 전략이다.

완벽함을 추구하는 것은 때로 자유와 창의성을 억누르는 족쇄가 될 수 있다. 내려놓을 때 비로소 진짜 자신을 마주하게 된다. 나의 약점과 부족함을 인정하고 이를 개선해 나가는 과정에서 삶의 깊이는 더해진다. 완벽하지 않기 때문에 더 노력하고, 배우며, 성장할 수 있다. 삶은 완벽함이 아닌, 완전함을 향해 나아가는 여행이다. 완벽함은 하나의 순간적인 상태에 불과하지만, 완전함은 우리가 성장하고 변화하는 과정에서 이루어진다. 완벽하지 않아도 괜찮다. 중요한 것은 계속해서 배우고 성장하며, 그 과정에서 나 자신과 주변 사람들에게 긍정적인 영향을 미치는 것이다.

마지막으로, 내려놓음으로써 얻는 자유와 행복을 기억해야 한다.

우리는 완벽하지 않기에 인간적이며, 그 불완전함 속에서 진짜 나의 모습을 발견할 수 있다. 조금 부족한 나를 사랑하며 오늘도 한 걸음씩 나아간다. 그것이야말로 완전함에 이르는 길이니까.

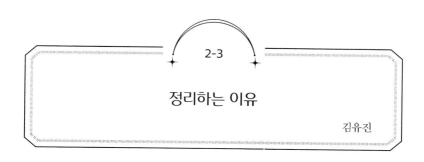

정리하는 이유

김유진

"김 주임, A 구역 물 다 줬나?", "김 주임, B 구역 작업 상황은?", "김 주임, C 구역 풀 다 뽑았어?" 어느 날 이상함을 느꼈다. 업무가 밀리기 시작했다. '어쩌다가 이렇게 됐지?', '내가 집중하지 못하는 걸까?', '업무의 중요도를 파악하지 못해서일까?' 한동안 급한 불부터 끄느라 바빴다. 상사가 시키는 일부터 여기저기에서 요청해 오는 업무까지 끝내고 돌아오면 녹초가 됐다. 그런데 나에게 제일 중요한 성취감과 보람은 없었다. 점점 하루가 어떻게 지나갔는지 모를 때가 많아졌다. 정리가 필요한 순간이었다.

문제를 해결하기 위해서 세 가지 방법을 사용했다. 첫 번째는 담당 업무를 전부 글로 적었다. 그리고 분류하기 시작했다. 시간이 오래 걸리는 일과 금방 끝나는 일로 나눴다. 일주일에 한 번 해야 하는 일과 한 달에 한 번 해야 하는 일 같이 주기성을 파악했다. 간단한 일인지 복잡한 일인지 생각했다. 혼자 할 수 있는 일인지 도움이 필요한 일이지도 구분했다. 일을 분류하고 나서 여유가 있다면 일주일, 한 달, 일 년 스케줄로 나누면 좋다. 정리하고 나니 우선순위가 보이기 시작했다.

두 번째는 체크리스트를 만들었다. 하루에 해야 할 일을 빠짐없이 적었다. 일을 끝내면 줄을 그어서 지웠다. 보고 업무같이 마친 티가 나지 않는 일에 효과가 좋다. 일의 중복을 막을 수 있다는 장점도 있다.

세 번째는 분류한 업무 중에서 짧은 시간에 처리할 수 있는 일과 단순 업무끼리 묶어서 작업함으로써 이동 동선을 줄였다. 예를 들어 매일 담당구역을 점검해야 한다. 밤사이 동물 피해가 있었는지, 파손된 것은 없는지, 바로 작업을 해야 하는 게 있는지 점검한다. 점검하면서 중복되는 동선 없이 할 수 있는 일을 같이 처리한다. 특히 식물에 물주는 일이 그렇다.

처음에는 단순히 포스트잇 같은 메모지에 정리했다. 나중에는 공책이나 주먹만 한 수첩에 적었다. 매일 쓰게 된 것도 아니다. 업무가 정리되지 않을 때만 썼다. 그러다 정리하는 걸 잊어버리면 업무에 또 허우적거렸다. 상황이 닥치면 다 한다고 한다. 하지만 아닐 때도 있다. 힘드니까 그냥 흘러보내 버리거나 미뤘다. 여러 가지 시도 끝에 한 번에 정리할 수 있는 다이어리가 좋았다. 다이어리가 효율적으로 정리하는 방법이라 생각했다. 다이어리엔 월간, 주간, 일간 스케줄과 메모, 체크리스트 등으로 구분되어 있다. 따로 구분하지 않아도 돼서 편했다. 월간별로 해야 할 일을 적고, 일간별로 해야 할 일을 적으면서 체크리스트를 함께 활용했다. 중간에 메모도 했다.

　연습 기간이 있었다. 간단한 거라도 무조건 썼다. 하루에 적는 글은 '풀 뽑기', '물주기'와 같이 한 가지인 경우가 많았다. 한 가지 내용을 일주일 내내 적기도 했다. 짧든 길든 꾸준히 적었다. 습관이 먼저라고 생각했다. 현재 해야 하는 일부터 가까운 미래에 해야 하는 일까지 정리해서 적었다. 이후에는 과거 일도 확장해서 기록했다. 쓰는 시간이 쌓일수록 익숙해졌다. 그렇게 습관이 생겼다. 업무를 위해서 하던 기록과 정리가 일상생활까지 확장됐다. 지인과 약속을 적고 잊고 싶지 않은 추억을 적었다. 혼자 하기 힘들면 도움을 받으면 된다. 사람에게 도움받을 수도 있지만 다른 어떤 것이라도 좋다. 나에게 맞는 형태라면 뭐든 좋다. 제일 좋은 점은 정리되면서 여유가 생긴다는 점이다.

　요즘은 종이 다이어리를 들고 다니지 않아도 핸드폰으로 많은 것을 할 수 있다. 종이 다이어리를 사용할 땐 한 권에 구분되어 있어 편했다. 하지만 핸드폰을 사용할 땐, 분리해서 사용한다. 시중에 다양한 다이어리 관련 앱이 있다. 몇 가지 사용해 본 결과 선택하는 기준이 생겼다. 첫 번째는 백업과 동기화가 편리해야 한다. 핸드폰에서만 사용하는 것이 아니라 컴퓨터와 태블릿으로도 활용할 수 있기 때문이다. 두 번째는 무료 서비스 중에 골랐다. 세 번째는 사용법이 간단한 것이다. 복잡하고 어려우면 기계치인 나에겐 치명적이다. 현재 내가 사용하고 있는 앱은 네 가지다. 월간만 있는 달력 앱두 가지와 메모장 앱 두 가지다. 월간 달력 앱(구글 캘린더)에는 했던일을 적는다. 다른 월간 달력 앱(네이버 캘린더)에는 해야 할 일을 적는다. 그 후에 한 일은 지운다. 메모장(킵 메모) 하나는 자세히 기록하는 용도다. 사진이나 그림을 글과 함께 쉽게 적을 수 있다. '라벨'이라고 해서 원하는 주제별로 메모를 묶을 수도 있다. 다른 메모장(컬러 노트)은 비정기적으로 기간만 맞추는 일을 적는다. 예를 들어'○월에 꼭 할 일' 또는 '꿈을 위해 해야 할 일' 등이다. 모든 앱은 위젯으로 핸드폰 바탕화면에 전부 깔아둔다. 바로 확인할 수 있기 때문이다.

추가로 알람까지 사용한다. 설정해 놓은 알람만 열 개가 넘는다. 일상생활에 쓰이는 기상 알람부터 취침 알람까지 있다. 업무적으로 주마다 울리는 알람과 중간에 단발성으로 해놓은 알람도 있다. 할일이 많고 복잡해 보이지만 정리해 놓으니 역시 여유가 생긴다. 여유가 생기니 비어있는 시간이 눈에 들어온다. 여유 시간 사이에 평소 해보고 싶었던 일을 한 가지씩 넣는다. 시간이 길면 영화를 한

편 보는 것도 좋고 짧으면 책을 읽는 것도 좋다. 어느 날은 반가운 친구와의 만남도 좋다.

　우리와 가까이 있는 식물도 정리를 한다. 나무는 가지를 뻗다 보면 생각보다 많은 가지가 나온다. 일단 처음에는 모두 물과 양분을 보내 생활한다. 하지만 시간이 지날수록 유지하기가 힘들어진다. 그때 나무는 스스로 가지치기한다. 가지만이 아니다. 잎도 꽃도 열매도 모두 적정 수준이 넘어가면 정리한다. 사용할 수 있는 에너지가 한정적이어서 그렇다. 생각지도 않은 병해충 같은 외부 자극을 제외하고 식물도 계획이 있다. 빽빽하던 가지들이 정리되고 나면 공간적으로 여유로워진다. 햇빛도 더 받을 수 있고 바람도 잘 통해서 전보다 더 잘 자랄 수 있다. 이렇게 우리와 다른 정리 방법이 식물에도 있다. 우리도 식물처럼 현재 상황을 유지하기 힘들 때 가지치기를 해보자. 몸과 마음이 가볍고 여유가 생길지 모른다.

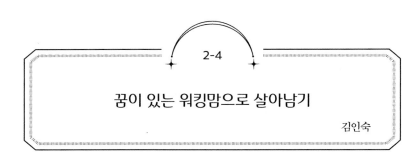

꿈이 있는 워킹맘으로 살아남기

김인숙

꿈이 있는 워킹맘으로 살아간다는 건 늘 '시간'과의 싸움이었다. 아이가 어려서 손이 많이 갔다. 엄마 껌딱지였던 아이는 아빠 목소리만 들어도 울음을 터트렸다. 그래서 육아에 남편을 참여시키는 것은 쉽지 않았다. 내 시간을 육아에 더 쏟아부을 수밖에 없었다. 매일 부동산 공부하는 시간을 확보해야 한다고 멘토에게 배웠다. 무슨 일이 있어도 하루에 3시간은 부동산 공부를 위해 확보하기로 했다. 하지만 육아는 물론이고, 집안일에, 회사도 그만둘 수 없던 터라 시간은 늘 부족했다.

회사에 있을 때는 맡은 업무를 최대한 빨리 끝내고 퇴근했다. 집에서는 아이가 깨어있을 때는 아이와의 시간을 일 순위에 뒀다. 회식은 물론이고 대학 동기 모임, 조리원 동기 모임, 회사 언니들과의 모임 같이 개인적인 사교모임도 줄였다. 밤늦게까지 수다 떨고, 차 마시고, 술 한잔하면서 친목 도모나 스트레스를 풀겠다는 명목으로 이뤄졌던 모임들이 자연스럽게 하나둘씩 정리됐다. 집안일도 최대한 시간을 줄이기 위해 뛰어다니면서 했다. 빨래는 다 함께 개기, 청소기는 오 분만 돌리기, 설거지는 십분 안에 끝낸다는 규칙을 만들었다. 항상 시간을 효율적으로 사용하기 위해 고민했다. 반찬 가게에서 반찬을 사 먹고 외식하는 횟수를 늘렸다. 그랬더니 감당할 수 없는 식비와 가족의 건강이 걱정됐다. 결국 다시 가격이 저렴하면서 간단하게 해 먹을 수 있는 반찬을 만들어 먹었다. 또 청소는 점점 남편에게 위임하게 되면서 남편의 살림 재능도 발견했다. 덕분에 나도 시간을 확보할 수 있었다.

부동산 공부를 위해 주말에는 무조건 강의를 들으러 가거나 임장을 하러 갔다. 처음에는 남편과 충돌이 있었다. 남편은 원래 주말에는 낚시를 가거나 운동하러 갔다. 하지만 내가 집을 비우게 되자 남편의 육아 참여 시간이 늘어났다. 자연스럽게 불만이 쌓여갔다. 그래서 처음에는 남편과 격주로 번갈아 아이를 맡았다. 당연히 할 일을 해야 했기에 아이와 함께 임장을 가거나 강의장에도 갔다. 아직도 친한 동료 중에 딸을 데리고 강의장에 나타났던 날의 이야기를 하시는 분이 있다. 그때 강의하셨던 강사께서도 "아이고! 얼마나 부자가 되려고 벌써 부동산 강의를 들으러 왔어?"라며 딸아이와 나를 격려해 주셨던 기억이 난다. 점점 나의 꾸준한 모습에 남편도 든든한 지원군이 되어 주었다. 이제는 주말은 온전히 부동산 공부를 위한 시간으로 인정받고 있다. 시부모님 생신이나 시댁 가족 여행 같은 행사가 있더라도 강의나 임장때문에 늦는다고 철벽을 쳐주는 남편 덕분에 주말에도 마음 놓고 부동산 공부에 집중할 수 있게 됐다.

할 일은 해도 해도 끝이 없다. 부동산 공부를 할수록 해야 할 일들은 점점 많아졌다. 아는 것이 많아질수록 봐야 하는 것도 해야 할 일도 점점 늘어났다. 하루에 서너 시간 밖에 못 자면서 강의를 듣고, 강의 과제를 했다. 임장을 가고, 임장 보고서[6]를 작성했다. 임장 다녀온 지역에 대해서도 정리했다. 또 입주 물량[7]도 정리하고, KB 시계열[8]도 매주 봐야 했다. 미분양[9] 물량, 분양 예정 단지도 살펴봐야 한다. 지방에 살지만 스터디에 들어가면서 일주일에 서울을 두세 번씩 가는 날도 있었다. 물론 주말엔 지방 임장을 가야 했다. 잠을 줄이면서 노력하는데도 내 실력은 늘 제자리인 것 같았다. 게다가 온라인 커뮤니티에서 만나는 사람들은 다들 자기 일을 척척 해냈다. 나만 맨날 제자리인 것 같다는 생각에 스트레스를 많이 받았다. 부동산 공부한다고 바깥으로 도는데 한동안 결과는 나오지

---

6   부동산 현장에서 파악한 정보와 가격에 영향을 주는 입지 요소를 정리한 보고서
7   한 지역의 입주가 예정되어 있는 물량
8   KB 부동산에서 발행하는 주택 시장 동향 자료로 매주 지역별 부동산 시장의 시세 흐름을 볼 수 있음
9   부동산에서 건설업체가 분양하고 남은 잔여분

않았다. 집안 꼴은 엉망진창인 일상을 보내야 했다. 아이가 아프기라도 하면 제대로 챙기지 못한 내 탓 같았다. 남편에게는 "너 맨날 그러고 다니다 아이 잘못되면 어떡하냐."는 원망을 듣기도 했다.

나는 그저 가족과 함께 행복하게 살고 싶었다. 어마어마한 재벌이나 100억짜리 펜트하우스, 으리으리한 강남 건물주를 꿈꾼 건 아니었다. 그게 남들이 말하는 '경제적 자유'나 '시간적 자유'인지는 모르겠다. 가끔 가족과 함께 여행도 가고, 맛있는 음식을 돈 걱정 없이 먹고 싶었다. 시간이 날 때는 남편과 손잡고 동네 산책을 할 수 있길 바랐다. 부모님이 편안한 노후를 보내실 수 있도록 양가에 100만 원씩은 드릴 수 있는 삶을 꿈꿨다. 호화로운 해외여행은 아니더라도 내가 원할 때 원하는 곳으로 홀쩍 떠날 수 있는 자유를 얻고 싶었다. 딸아이가 원하는 걸 "돈이 없어서 안 돼."라고 말하지 않고, 마음껏 지원해 줄 수 있는 부모가 되고 싶었다.

그래서 나는 내가 이루고 싶은 목표를 명확하게 정했다. '가족과 함께 누리는 여유로운 삶'이 나의 목표였다. 사실 '10년 안에 30억 만들기'란 목표를 세운 적도 있었다. 하지만 30억이라는 숫자보다 가족과 함께 누리는 행복한 삶이 중요하다는 생각에 목표를 수정했다. 10년 후, 20년 후 그리고 30년 후에 이루고 싶은 모습을 비전 보드로 만들어서 컴퓨터 바탕화면으로 설정했다. 목표를 이루기 위해 '매일 해야 할 일'을 수첩과 핸드폰에도 적어 놨다. 무슨 일이 있어도 '오늘은 반드시 이건 한다!'하는 일에 우선순위를 두고 먼저

해 나갔다. '올해 해야 할 일', '이번 달에 할 일', '오늘 해야 할 일'을 적고 하나씩 지워나가는 일이 생각보다 보람찼다. 하루하루 할 일을 쌓아갈수록 내 꿈과 가까워지는 기분이랄까. 오늘도 '매일 할 일'을 실행하기 위해 노력하고 있다. 가장 중요한 일부터 차례대로 '해야 할 일 리스트'를 만들어 수첩에 들고 다닌다. '미라클 모닝¹⁰', '강의 준비', '책 오십 페이지 이상 읽기', '경제 신문 읽기', '감사 일기 쓰기' 등 매일 해야 할 일 들을 잊지 않고 해내려고 노력하고 있다. 포기하지 않고 꾸준히 매일 할 일을 하며 시간을 채워가는 것이 가장 중요함을 느낀다.

사실 해야 할 일을 모두 해내는 날은 많지 않다. 주말에는 자기 평가를 통해 부족한 부분을 채워간다. 내가 잘하고 있는 일엔 스스로 칭찬을 아끼지 않는다. 하지만 '내가 자꾸 미루고 있는 일은 뭔지?', '조금 더 신경 써야 할 일은 뭔지?' 확인하고 보완한다. 가끔 할 일이 많아서 버겁다는 생각이 들기도 한다. 하지만 버겁다는 생각보다는 내가 할 일이 많다는 데 감사한다. 내가 빡빡하게 살아서 내 가족의 삶이 조금이라도 여유로워졌다는 사실에 감사한다. 우리 가족이 더 나은 삶을, 더 행복한 삶을 꿈꿀 수 있게 된 것에 감사한다.

---

10 '할 엘로드'가 작성한 책에서 등장한 말로 아침에 일찍 일어나 자기 계발을 할 수 있는 시간을 가지는 것

회사일, 집안일이 정신없이 휩쓸고 지나갈 때면 나 역시 계획한 일을 하나도 못 할 때가 있다. 해야 할 일보다 하지 못한 일이 더 많을 때도 있다. 하지만 내일도 내 꿈을 잃지 않기 위해, 시간을 쌓아가며 살고 싶다. 강의를 듣고, 임장 보고서를 작성하느라, 다음날 임장 준비를 하느라 잠을 줄이고, 가족과의 시간을 줄이기도 한다. 그렇게 투자를 가족 다음으로 중요한 일로 정해놓고 우선순위의 가장 앞에 놓아두고 집중한다. 지금은 온라인 커뮤니티에서 활동하거나 강의를 듣는 일이 많이 줄었다. 대신에 오랜 꿈이었던 '나눌 줄 아는 삶'을 실천하기 위해 부동산 스터디와 독서 모임을 운영하게 되었다. 내 이름을 걸고 '미·부·스(투자자를 위한 미라클한 루틴 잡는 부동산 스터디)'와 '미·독·모(투자자를 위한 미라클한 루틴 잡는 독서 모임)'를 운영하게 된 거다. 현재는 아파트 투자는 물론이고 꼬마 빌딩[11] 신축까지도 현실로 만들었다. 나같이 평범한 사람도 우선순위를 정해 시간을 확보했더니 꿈을 이뤄냈다. 이제는 나 혼자의 성장뿐 아니라 다른 사람들의 내 집 마련과 노후 준비를 도울 수 있는 사람이 되고 싶다.

---

11 일반적인 빌딩보다 규모가 작은 중소 규모 건물로 연 면적 300평 미만, 5층 이하, 50억 이하의 건물을 말함

일상에 흔들리지 않는 기둥 세우기

김진권

올해로 직장 생활이 19년 차가 되었다. 누구에게나 그렇듯 회사 업무 일과가 한가했던 시기는 없었던 거 같다. 언제나 '이번 일이 마감되면 좀 나아지겠지, 이번 분기가 끝나면 정리되겠지'라는 생각을 하며 주어진 일을 기한 내에 처리하고자 동분서주했었다. 거기에 회사일 뿐만이 아니라 퇴근 후 저녁 시간과 주말을 활용하여 부동산, 재테크 관련 공부도 7년째 꾸준히 하고 있다. 아침에 출근해서는 회사에서 주어진 업무에 집중하고, 퇴근해서는 재테크 공부와 독서 및 자료 정리하는 일과로 빼곡하게 채운 일상을 수년째 이어 오고 있다.

회사와 가정생활만으로도 바쁜 일상에서 어떻게 하면 나만의 시간을 만들 수 있었을까? 나만의 시간을 만들기 위해 무엇이 필요한

지 알게 된 것은 회사 업무를 통해서였다. 직무상 해외 출장이 빈번하다 보니 거래처 매니저와 대화하는 경우가 많았다. 그러다 보니 외국인의 관점에서 바라본 한국에 관해 이야기하게 되었다.

"Mr. Kim, 개인적으로 궁금해서 그러는데 왜 한국의 기업들은 장기 계획(Long Term Plan)이 바뀌는 거야? 몇 년 전에 한국에 업체들을 방문하면서 봤던 기업의 주력사업이나 추구하는 목표가 바뀌는 경우를 봤는데 왜 그런 건지 궁금해서 말이야."라고 물었다. 친구가 보기에는 정책이 급하게 바뀌는 것도, 또 그에 따라 산업의 흥망성쇠가 결정되는 것이 신기했다. 그 친구의 회사는 세부계획과 실행 내용은 조금씩 바뀌기는 했다. 하지만 장기 계획은 유지하며 수년간에 걸쳐 목표로 한 기업의 변화를 완성해냈다.

우리나라의 기업들은 기존 목표를 달성해서가 아니라 계열사간의 지배구조, 포트폴리오가 바뀌며 장기 계획이 수정되었다. "수시로 바뀌는 시장환경과 조건에 맞춰 기업이 생존하기 위해 바뀌는 거 같아."라고 대답했다. 그러자 "그렇게 바뀔 수 있는 가치와 목표라면 장기 계획을 왜 세우는 거야?"라고 했다. 나는 순간순간 바뀌는 외부 변수들로 인해 핵심 가치가 바뀌는 이유를 대답할 수 없었다.

기업의 이야기만이 아니라 스포츠 분야에서도 장기 계획의 중요성을 확인해 볼 수 있다. 농구에 관심이 있어 자주 보는데 한국의 라이벌로 일본이 항상 경쟁 구도에 있었다. 그런데 최근에는 한국과 비교해서 일본이 확실히 앞서 나가고 있다. 일본은 생활체육을 기반으로 선수를 선발하고 장기적인 관점에서 인프라 투자에 크게 노력했다. 반면 한국에서는 프로선수 중심의 소수 인원을 기반으로 엘리트 체육에 집중했고 인프라 투자가 빈약하다는 평가가 많았다. 얼마 전 전주시의 프로 농구팀은 50년 이상이 된 경기장 노후화 문제로 팀을 부산으로 급하게 이동하기도 했다.

한국은 눈앞의 결과가 시급한 경우가 많다. 한 시즌 성적에 따라 감독과 선수가 바로 바뀐다. 이렇게 닥쳐서 대응만 하게 되면 매번 기준이 흔들릴 수밖에 없다. 장기 계획을 세우고 목표로 하고 있는 체계를 갖추어 가고 있는지, 점차 개선되어 가고 있는지에 초점을 맞추어야 수시로 기준이 바뀌는 일이 생기지 않는다.

당장에는 이런 시도들이 더디게 보일 수는 있지만 시간이 갈수록 장기 계획에 따른 효과는 점점 더 크게 나타난다. 경쟁 구도였던 일본 농구는 이제 한국을 넘어 아시아 최강이라는 타이틀을 가지고 있다. 이번 프랑스 올림픽에서도 일본이 아시아 국가 중 유일한 출전국이다. 얼마 전 여자 대학 농구 대회에서는 한국이 일본에 85점차로 대패하며 충격적인 실력 차이를 보여 주기도 했다. 이번 프랑스 올림픽의 순위에서도 일본은 종합 3위이고 한국은 8위이다. 거기에 한국에서는 올림픽 이후 각 종목에서 선수와 협회 간의 불협화음이 나오는 것도 같은 맥락으로 볼 수 있다.

장기 계획의 중요성은 개인의 삶에서도 다르지 않다고 생각한다. 기준이 없으면 매사에 휘둘리는 일이 많아진다. 계획이 수시로 바뀐다는 것은 삶에서 이루고 싶은 목표가 없다고 볼 수 있다. 그런데 장기 계획이 있다면 지금 할 일을 결정할 때 빠르게 판단할 수 있다. 세부 사항이나 행동들은 교정해 나갈 수는 있지만 큰 맥락에서 기준은 바뀌지 않는다.

장기목표에 대한 인식이 없을 때는 하루하루 주어진 일에 노력을 마냥 쏟았다. 열심히 사는 것도 중요하다. 그런데 노력이라는 에너지가 어디로 가고 있느냐가 더 중요할 수 있다. 목표 없이 열심히만 살다 보면, 매번 직면한 문제를 쳐내기에 급급한 삶을 살아야 하기 때문이다. 그리고 어느 순간 되돌아갈 수 없는 곳에 도착해서 방향성에 대한 근원적인 질문부터 다시 해야 할 수도 있다.

내가 바라는 삶의 목표는 무엇인가? 이 질문에 답을 찾는 것이 제일 먼저라고 생각한다. 그래야 그 목표를 실행하기 위해서 해야 할 행동 지침을 일관성 있게 만들 수 있기 때문이다. 기술적인 방법들이 많이 있지만 개인적으로 목표 수립 및 과업 계획을 세우는 데에 '연꽃 만개법'이라고 불리는 '만다라트'를 활용하고 있다. 이 방법은 목표를 기준으로 직관적이면서도 구체적인 계획을 세우기에 적합하다.

만다라트 계획표는 마인드맵과 유사하게 주목표에서 세부 목표로 세분화하면서 작성한다. 세부 목표를 나뭇가지처럼 뻗어가며 내려가면서 주목표 달성을 위해 해야 할 일들을 자세하게 정리할 수 있다. 주목표 달성을 중심으로 일관성 있게 맞추어진 세부 실천 사항들을 언제, 어떻게 할지 정리하면 장기 계획에 도달하기 위한 일정표를 완성할 수 있다. 일정표 정리는 널리 알려진 강규형 대표의 '바인더'를 활용하는 것도 좋다. 월간, 주간 일과표 양식으로 된 바인더에 적어두면 내가 잊어버리고 있어도 직접 손으로 작성한 목표들이 일정마다 나를 일깨워 줄 수 있다.

또 주목표를 위해 정리해 둔 일정들이 있으면 새롭게 직면하는 일이 생길 때마다 경중을 비교할 수 있다. 중요도와 우선순위에 따라 어떤 것이 더 중요한지, 장기 계획에 지장을 주는 것은 아닌지, 일관된 기준으로 생각할 수 있다. 중요도가 낮거나 장기 계획과 거리가 있는 일은 바로 우선순위에서 내려놓을 수 있다. 필요한 일에 시간을 확보하는 것은 필요 없는 일을 하지 않는 것에서 출발한다.

누구에게나 주어진 시간은 똑같이 정해져 있다. 결국 같은 시간을 어떻게 나누고 어디에 집중해서 사용할지에 따라 시간의 무게와 가치가 달라진다. 장기 계획을 기준으로 판단한다면 순간순간 다가

오는 선택에서 큰 맥락의 방향을 벗어나는 일을 피할 수 있다. 그리고 매일의 과업들이 내가 세운 목표로 나아가는 과정이라고 확신을 가지게 될 것이다.

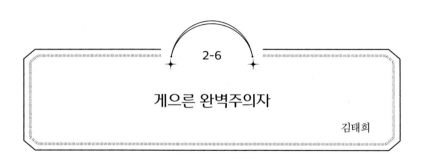

게으른 완벽주의자

김태희

나는 게으른 완벽주의자다. 그냥 완벽주의자면 좋은 의미지만, 앞에 '게으른'이 붙으니 완전히 부정적인 느낌으로 바뀐다. 어떤 일을 하든지 처음부터 끝까지 완벽하게 해내야 직성이 풀리는 사람이다. 스스로 잘하고 있다는 느낌이 들지 않으면, 남들이 칭찬을 해줘도 내 기준을 통과할 수 없다. 자신을 괴롭히니 삶이 팍팍해진다. 그래서 스스로 살아갈 방법을 찾고 싶었는지 게으른 완벽주의자가 되었다.

'게으른'을 앞에 붙인 후부터 일단 시작을 잘 하지 않는다. 무언가를 시작하기 전부터 잘 해낼 자신이 없으면 도전 자체를 안 한다. 나를 괴롭힐 만한 일은 사전에 차단한다. 완벽하게 해내지 못할 것 같은 불안감에 스트레스를 받을 필요 없는 상황으로 만드는 것이다. 일에 매달리지 않아도 된다고 스스로 위로한다. 그러면서도 마음 한쪽의 찜찜함을 눌러두고 있다. 이건 해결책이 아니다. 그냥 미뤄두거나 포기하는 것이다. 잘 해낼 가능성이 나타날 기회를 처음부터 박탈하는 셈이다. 다른 사람에 의해서가 아니라 나 스스로 말이다. 그래도 무기력하게 사는 대신 프로 수강러가 되었다.

첼로를 처음 배울 때다. 정작 시작하고 나니 몇 달 만에 마스터할 수 없을 것 같았다. 포기해도 되는 이유를 찾아냈다. '손톱을 짧게 깎아야 해서 손끝이 아려, 이사 가니까 선생님 연습실과 거리가 너무 멀어.' 남들이 얼핏 들으면 합당한 이유를 말이다.

4년 전, 부동산 공부를 하면서 달라졌다. 두려운 마음도 있었지만 시도해 보고 싶었다. 네이버 카페 '월급쟁이 부자들'에서 강의를 들었다. 나 같은 초보자를 위해 쉬운 과제부터 주어졌다. 매일 감사 일기, 시간·금전 가계부 작성은 기본이었다. 매주 한 번은 다섯 시간 동안 강의를 듣고, 후기를 적어 카페에 공유했다. 일주일에 한 번 갖는 조별 모임에서는 강의 내용을 퀴즈로 만들어 풀었다. 수업 내용을 요약 발표하고 소감도 공유했다. 최종 과제는 마지막에 제출하는 임장 보고서다.

보통 강의 첫 주에 동네 분위기를 익힌다. 둘째 주에는 아파트 단지를 둘러본다, 셋째 주와 넷째 주는 부동산을 방문해 집 내부를 본다. 임장 보고서는 PPT로 만들어서 제출한다. 기본 오십 페이지가 넘는다. 지역 분석을 위해 생활권을 조사한다. 거주하는 사람들의 연령대도 확인한다. 신규 아파트 입주 시기도 챙겨본다. 초중고등학교 학업성취도, 학원가, 상권을 파악한다. 경제력 수준을 확인하기 위해 일자리와 교통 및 강남 접근성도 조사한다. 300세대 이상의 아파트를 분석하고, 평수별로 가격대를 보기 좋게 표로 만든다. 전에 본인의 앞마당으로 정해서 조사한 지역의 자료와 비교해본다. 평수와 가격대별로 표를 만들고, 투자할 아파트를 고른다. 선정 이유를 기록한다. 직장에 다니면서 수업을 듣는 한 달 동안, 이 과제를 끝내야 했다. 직장 업무와 일상생활을 하면서 강의에서 주어진 과제까지 완료하려니 내겐 무리가 있었다.

나는 과제를 받으면 기한 내에 제출해야 하는 습성이 있었다. 학교 선생님이었던 어머니 덕분에 말이다. 과제를 제대로 하려고, 자진해서 조장에 지원했다. 조장의 역할은 조원들이 신청한 강의를 끝까지 완수할 수 있도록 독려하는 일이다. 과제 제출을 잘하도록 동기 부여하는 일이다. 힘들어하거나 강의 진도를 따라오지 못하는 조원은 개인적으로 응원해 주었다. 내가 먼저 모범이 되어야 했다. 조장은 일주일에 한 번 조장 회의에 참석한다. 진행 상황과 힘든 부분은 공유하고 피드백을 받는다. 조장 단톡방에서 조 모임 시간에 진행할 자료를 받는다.

직장 다니면서 이 모든 걸 해낼 수 있었던 건 시간 가계부 덕분이었다. 시간 가계부란, 30분 단위로 하루에 어떤 일을 하는 시간을 파악하는 도구로, 구글 스프레드시트로 만들어져 있다. 구글 스프레드시트는 엑셀과 비슷하다. 시간대별 빈칸에 내용을 적으면 어디에 몇 시간을 썼는지 자동으로 계산되어 합계 표시된다. 부동산 투자 공부를 45분밖에 안 했지만, 계산상으로 한 시간이 나왔다. 공부 시간을 더 채워야 할 것만 같았다. 시간 가계부를 보니, 경제 관련 유튜브 영상을 보려다가 드라마 요약본을 한 시간 넘게 보고 있다는 걸 발견했다. 시간이 그냥 흘러간 것 같아 반성하게 된다.

시간 가계부에는 다른 탭에 한 달 동안 일정과 목표를 미리 적는다. 최종 임장 보고서를 완성하기 위해 분석해야 하는 항목들을 언제까지 한다고 미리 표시해서 일종의 일정을 짠다. 달력과 OKR(Objective, Key Results) 탭에 적으면 30분 단위로 기록하는 부분 상단에 해당 날짜별 일정이 자동 입력된다. 완료인지 연기하는 건지, 혹은 안 한 건지를 체크할 수 있다. 자기 전 일정 진행을 확인하며 반성한다. 감사 일기를 쓰면서 하루를 돌아본다. 이렇게 하루를 정리하니 조금씩 더 발전적인 방향으로 나아갔다.

하지만 곧 절대적인 시간이 부족하다는 고민에 빠졌다. 주말은 오만 보 이상 걸을 때가 많았다. 외부 활동을 해야 하니 문서 작업은 조금밖에 할 수 없었다. 방법을 찾아야 했다. 일단 버려지는 시간을 줄여야겠다는 생각이 들었다. 직장 근처로 이사했다. 집에 오면 늘 어지거나 다른 할 일들이 계속 생각나니 사무실을 나서면 집 대신 스터디 카페로 갔다. 야근하는 것처럼 말이다. 시간 가계부에 미리 적어둔 오늘 해야 할 지역 공부를 온라인으로 하고 문서에 작성한 후 퇴근했다.

점심시간도 활용하기로 했다. 일찍 일어나니 점심을 먹고 나면 졸음이 쏟아졌다. 회사 업무할 때 효율도 오르지 않았다. 집중하려고 아메리카노를 마시는 게 루틴이었다. 이걸 바꾸기로 했다. 삶은 계란, 요거트, 삶은 고구마처럼 건강식을 집에서 챙겨가거나 샌드위치를 사서 20~30분 사이에 식사를 끝냈다. 남는 시간은 책을 읽거나 부동산 중개사무소에 전화해 동네에 대해 문의하고 방문 예약을 했다.

시간이 부족할 땐, 기상 시간을 앞당겼다. 미라클 모닝이 유행하던 시절이었다. 고등학교 때 열심히 공부를 안 했으니, 인생에서 삼년쯤은 열심히 살아도 된다고 생각했다. 잠을 줄인 날은 가벼운 점심 식사 후 사무실에서 낮잠을 잤다. 회사 업무에도 집중할 수 있게 컨디션을 끌어올렸다.

여전히 지금도 하는 일이 많다. 하지만 지금은 어떻게 해야 할지 고민만 하지 않는다. 시간을 어디서 확보할 수 있을까? 적극적으로 생각을 해본다. 평일만으로는 해내기엔 한계가 있었다. 배우자가 있다면 양해를 구해보는 것도 방법이다. 주말 중 하루를 온전히 내 시간으로 보내고 싶다고 협의하는 것이다. 대신, 배우자가 원하는 것도 물어보고, 그걸 할 수 있게 해주거나 수익의 10%를 준다고 약속하는 것도 좋다. 하루라는 시간을 추가로 만들 수 있다. 방법을 찾는 사람에게만 그 길이 보인다.

바쁜 직장인도 꿈을 이루는 시간의 마법

김현근

우리는 늘 시간에 쫓기며 살아간다. 새벽에 출근 준비로 시작해 늦은 저녁 퇴근 후 집에 도착하면, 나를 위한 시간은 거의 남아있지 않다. 특히 자녀를 양육하는 부모로서는, 자신의 시간을 확보하기란 더욱 어려운 일이다. 가족과 함께하는 시간조차도 부족해 주말이면 어떻게든 시간을 내어 가족과 시간을 보내보려 하지만, 그마저도 충분하지 못하다. 그러다 보니 자신을 위한 시간, 자기 계발에 신경 쓸 여력은 없다. 그렇게 반복되는 삶 속에서 점점 다가올 미래가 두려웠다. 그래서 나는 결심했다. 가족과 함께 보내는 시간을 조금 줄이더라도, 나 자신을 위한 시간을 확보하는 것이 지금 가장 중요하다고 말이다.

처음에는 '무엇을 할까?'에 대한 고민이 많았다. 뭘 해야 할지 몰라 머릿속이 복잡해졌고, 생각을 정리하는 데도 시간이 걸렸다. 그러다 조용한 시간에 내 삶을 돌아보며 내가 할 수 있는 것에 집중하기 시작했다. 여러 가지 생각 끝에 '제2의 인생을 위해 자격증을 취득하자'라는 단기 목표를 세웠다. 목표가 정해지니 자연스럽게 내가 사용할 수 있는 시간이 얼마나 되는지 계산해 보았다. 바쁜 일상에서 만들어낸 그 시간은 매우 소중했기에, 허투루 쓸 수 없었다. 매일 공부하고, 틈틈이 짧은 휴식을 취하며 집중했다. 그 결과 자격증을 취득할 수 있었고, 나는 그때부터 시간을 더 효율적으로 사용하기 위해 새벽 기상을 시작했다.

새벽에 일찍 일어나면 하루가 길어진다. 나는 아침 스트레칭으로 몸을 풀고, 출근길에 뉴스를 읽으며 세상 돌아가는 흐름을 파악했다. 퇴근 후에는 아이가 잠들면 책을 읽고 블로그를 작성했다. 그리고 부동산 투자에 관한 공부도 함께했다. 가끔 친구들이나 지인들과의 모임도 있었지만, 나와 같은 목표를 공유하지 않는 사적 모임은 줄였다. 그렇게 시간과 노력을 투자한 덕분에 나는 지금 이렇게 책을 쓰고 있다. 주변 사람들은 종종 묻는다. "퇴근하고 쉬기도 바쁜데, 어떻게 시간이 나서 그렇게 다양한 활동을 할 수 있느냐?"라고 말이다.

사실, 나도 처음엔 시간이 부족해 고민이 많았다. 그때 시간 관리에 관한 책들을 많이 읽었는데, 그중 김유진 변호사의 《나의 하루는 4시 30분에 시작된다》라는 책이 인상 깊었다. 특히 이 책에서 마음에 남은 문장이 하나 있다. "그래서 이제는 시간 관리를 하지 않는다. 대신 나 자신을 관리한다." 대부분의 시간 관리 책들은 새벽 시간을 활용하라고 권한다. 하지만 시간은 우리가 통제할 수 없는 대상이다. 시간을 관리하려다 보면 정작 중요한 목표를 놓치게 될 수도 있다. 나는 새벽이라는 시간대에 집착하지 않고, 나 자신을 어떻게 관리하고 통제할지를 고민했다. 하루 중 단 1시간이라도 의미 있는 시간을 만드는 것이 중요하다는 것을 깨달았다.

효율적인 시간 활용을 위해 가장 중요한 것은 계획이다. 나의 경험에 비추어 보았을 때, 일 개월 단위보다 일주일 단위로 계획을 세우는 것이 더 효과적이었다. 매주 월요일 아침이나 전날 저녁에 그 주에 해야 할 일들을 정리했다. 이때 중요한 것은 너무 세세하게 시간 단위로 계획을 짜지 않는 것이다. 집안 행사, 출장, 회식, 퇴근 후 약속 같은 주요 일정들을 먼저 확인한 후 그에 맞춰 다른 일정들을 조정했다. 처음에는 필기도구로 기록했지만, 가지고 다니기 불편해서 '노션' 같은 디지털 도구를 활용하기 시작했다. 이 프로그램을 통해 계획을 정리하고 우선순위를 설정한 후, 중요한 일부터 처리했다.

우선순위를 정하고 일을 처리하는 습관을 들이니, 업무의 효율성이 눈에 띄게 높아졌다. 중요한 일부터 해결하고 나면, 나머지 일들은 상대적으로 부담 없이 처리할 수 있었다. 만약 시간이 부족하면, 미루거나 다른 사람에게 위임할 수 있는 일은 과감히 맡겼다. 이렇게 일정을 유연하게 조정하다 보니, 더 많은 일을 효율적으로 처리할 수 있었다.

하지만 계획을 세우는 데 너무 많은 시간을 투자할 필요는 없다. 시간은 우리가 통제할 수 있는 대상이 아니고, 예기치 않은 변화는 언제든 찾아오기 때문이다. 계획은 언제든 수정 가능하다는 유연한 태도가 중요하다. 만약 가정에 문제가 발생하면, 그 문제가 우선이 된다. 그 외의 일은 남는 시간에 처리해도 충분하다. 핵심은 일주일 단위로 큰 일정들을 체크하고, 그 안에서 먼저 해야 할 일을 신속하게 처리하는 것이다.

전체적인 계획이 세워졌다면, 그다음에는 나를 위한 시간이 얼마나 남는지 확인해 보는 것이 중요하다. 이러한 시간을 시각화하고, 메모하는 것만으로도 놀라운 효과를 얻을 수 있다. 나는 작은 메모장에 새벽 시간, 출퇴근 시간, 업무 중 잠깐의 쉬는 시간, 점심시간, 아이가 잠든 시간 등 내가 활용할 수 있는 시간을 정리해 적어 보았다. 이렇게 쓸 수 있는 시간대를 구체적으로 나열한 후, 그 시간에 맞춰서 해야 할 일을 처리했다.

나는 주로 출퇴근 시간에 책을 읽었다. 공인중개사 자격증을 준비

할 때는 강의를 반복해서 듣고, 기출문제를 풀며 실력을 다졌다. 시간이 길지 않더라도, 그 시간을 어떻게 사용하느냐에 따라 성과는 크게 달라진다. 매일 해야 할 일을 적어두고 하나씩 실행해 나가는 과정은, 그 자체로도 매우 의미 있는 습관이다. 필기도구가 없다면 스마트폰 메모 앱을 활용하면 된다. 이렇게 작은 시간을 쌓아가다 보면, 결국 더 나은 시간 관리가 가능해진다.

완벽한 계획을 세웠다고 해서 모든 일이 그 계획대로 진행되지는 않는다. 때로는 어쩔 수 없이 계획을 변경해야 할 때도 있다. 예를 들어, 아이가 태어나면 모든 가족의 생활 방식이 아이에게 맞춰지게 된다. 이는 자연스러운 변화이며, 누구나 겪는 일이다. 이런 시기에는 그 변화에 집중하면서도, 앞으로의 상황을 대비해 유연하게 계획을 수정할 필요가 있다. 아이가 태어나고 백일이 지났을 때, 돌이 지났을 때 등 시기별로 우리의 시간 활용은 달라질 수밖에 없다. 때로는 나를 위한 시간이 늘어날 때도 있고, 반대로 줄어들기도 한다. 중요한 것은 시간 자체가 아니라, 그 시간을 어떻게 의미 있게 활용할지에 대한 고민이다.

'나를 위한 투자'라는 장에서도 언급했듯이, 결국 가장 중요한 것은 실천이다. 아무리 멋진 계획을 세운다 해도, 실천하지 않으면 아무 의미가 없다. 하루에 단 한 시간만 나 자신을 위해 투자해도 우리의 삶은 크게 달라진다. 그 시간을 특별하게 만드는 것은 우리의 목표와 방향성이다. 목표를 설정하고, 그것을 향해 꾸준히 실천해 나갈 때 우리의 삶은 점차 변화한다. 마법 같은 시간을 얻고 싶다면, 나만의 작은 목표들을 세우고 그 목표를 향해 한 걸음씩 나아가야 한다.

작은 목표들을 하나씩 달성하다 보면, 자신감이 쌓이고 실천을 지속할 힘도 함께 얻을 수 있다. 꾸준한 실천이야말로 우리의 삶에 마법을 일으키는 가장 강력한 원동력이다. 하루하루의 작은 변화들이 모여 결국 큰 변화를 만들어낼 것이다. 이렇게 시간이 부족하다고 느끼는 바쁜 직장인도 꿈을 이룰 수 있는 이유는, 작은 실천이 쌓여 큰 성취를 만들어내기 때문이다.

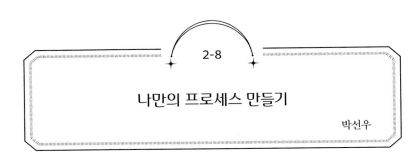

나만의 프로세스 만들기

박선우

20년 차 직장인으로 일하고 있다. 오랜 기간 근무하면서 다양한 업무를 담당하게 되었다. 다른 부서와 협력해야 하는 업무가 많은 편이었다. 하루에 처리해야 하는 업무가 상당하다 보니, 자연스럽게 효율적인 업무처리 방식을 터득하게 되었다.

책상 위에 불필요한 자료는 즉시 폐기하고, 관련 서류는 한 곳에 파일로 보관하는 것이 기본 원칙이었다. 서류가 뒤섞이면 필요한 자료를 찾느라 시간을 허비하게 된다. 누구나 한 번쯤은 겪어본 일일 것이다. 그러한 시간부터 줄여 보는 것이다. 불필요한 시간이 줄어들고, 계획적으로 업무를 하게 된다. 서류 정리는 식별이 가능한 투명 클리어 파일을 활용한다. 필요할 때 바로 꺼내 볼 수 있도록 체계적으로 정리해 두면, 업무 효율성이 향상된다. 서류 정리를 철저히 하는 것만으로도 업무처리 시간이 단축된다.

업무를 계획 없이 처리하지 않는다. 월간, 주간, 일간으로 할 일을 구분하여 정리한다. 월간 계획은 매달 첫 주에 작성하고, 주간 계획은 매주 금요일 퇴근 전에 작성한다. 주간 계획을 세울 때는 이미 작성된 월간 계획을 참고해서, 다음 주에 해야 할 일을 요일별로 세분화한다. 특정 요일에 마감하거나 처리해야 할 일들이 있을 것이다. 관련 업무를 특정 요일을 정해서 한꺼번에 처리한다. 집중해야 할 업무들이 명확해지고, 시간을 효율적으로 사용할 수 있다. 다음 날에 할 일은 퇴근 전에 오전, 오후의 업무를 구분하고 관련 자료를 미리 준비해 놓는다.

업무량이 많을 때는 관련 서류나 자료를 전날 미리 준비해 두면 업무 시간이 단축된다. 반복되는 업무는 처리 기준을 만들었다. 해당 업무별로 꼭 확인해야 할 체크 항목이나 추가로 검증이 필요한 업무가 있다. 이 기준을 기반으로 지침을 만들어서 업무 관련자들과 공유한다. 별도의 기준이 있으면, 실수를 줄일 수 있을 뿐만 아니라 업무처리 속도가 빨라진다. 출장 또는 긴급하게 휴가를 내야 하는 상황이 생겼을 때 유용하다. 다른 직원에게 업무를 맡겨도 문제없이 처리할 수 있기 때문이다. 이런 방법으로 업무를 처리한 덕분에, 회사 밖에 있을 때 업무 관련 전화를 거의 받지 않는다. 명확한 처리 기준이 잡혀 있으면, 부재중에도 업무가 원활하게 진행된다.

한 주를 바쁘게 보내고 휴일이 되어도, 에너지가 소진되어 쉬는 날을 즐기지 못했다. 남들처럼 주말 계획도 세우면서 여유롭게 보내고 싶었다. 부서원들과 협의해서 미리 주 4일제를 경험해 보기로 했다. 우리 부서는 주간 업무를 목요일에 마무리하고, 금요일에는 휴가를 내거나 주간에 미흡했던 업무를 처리하는 것으로 정했다. 금요일이 마치 토요일처럼 느껴졌다. 한 주를 여유롭게 마무리할 수 있었다.

업무가 한꺼번에 몰리거나 갑작스럽게 프로젝트가 생기면, 기존 업무가 방해받기 마련이다. 평소보다 일이 많아지면 무조건 야근해야 한다는 생각으로 일을 시작하게 된다. '어차피 오늘은 야근할 거니까'라는 마음이 자리 잡으면, 업무처리 속도가 느려지고 집중력이 떨어진다. 신속하고 정확하게 처리할 방법을 찾고, 그 방법에 집중한다. 결과적으로 해당 프로젝트가 최상의 성과를 내는 데에 목표를 둔다. 얼 나이팅게일의 《사람은 생각하는 대로 된다》를 읽고 나서 매일 아침 오늘의 할 일을 다 끝내고 퇴근하는 모습을 생각한다. 가벼운 마음이 들면서, 생각했던 대로 결과가 나오는 경우가 많다.

퇴근 후 매주 월요일 저녁 리더십 강의를 들었던 적이 있었다. 회사에서 대중교통을 이용하면 한 시간 삼십 분 정도 소요되는 거리였다. 그날만큼은 아무리 업무가 많아도 정시에 퇴근해야 했다. 해야 할 업무가 마무리되지 않은 상태에서 퇴근하는 게 어려웠다. 할 일을 미루고 가면 마음이 불편하기만 했다. 교육이 있는 월요일은 출근해서 퇴근 시간을 미리 정해놓고 업무를 시작했다. 정해진 시간에 퇴근하는 모습, 교육장에 도착하는 모습을 미리 생각했다. 내가 원하는 모습을 생각하고 상상해 보는 것이다. 생각대로 원하는 시간에 퇴근할 수 있었다. 리더십 강의에 한 번도 빠지지 않고 참석했다.

나의 하루는 명상으로 시작된다. 아침에 일어나자마자 바로 호흡 명상을 하고 아침 공기를 마시면, 하루를 상쾌하게 시작할 수 있다. 눈을 감은 채로 하루를 미리 보낸다고 생각하며, 중요한 일들을 중심으로 머릿속에 그려본다. 원하는 방향대로 일이 잘 해결되는 결과를 상상하며 떠올려 보는 것이다.

하루를 마무리하며 감사 일기를 작성한다. 다이어리를 작성할 때, 하루 24시간을 한 시간 단위로 구분해 중요한 일정과 활동을 기록한다. 기상 시간, 취침 시간, 회사 업무, 독서, 운동 등 한 시간 이상의 주요 활동만 간단히 작성하면 된다. 기록하는 습관은 매일의 루틴을 점검하고, 실행력을 확인하는 데 도움이 된다. 24시간 활동 기록을 통해 하루를 보내며, 사용하고 있는 시간을 한눈에 볼 수 있다. 불필요하게 낭비하는 시간은 없는지 살펴보게 된다. 효율적인 시간 활용이 가능하다. 하루 일상을 기록하고, 그 안에서 감사했던 순간들을 떠올려 본다. 감사 일기를 작성하면, 하루를 기분 좋게 마무리할 수 있다.

팀 페리스의 《타이탄의 도구들》에서 "아무리 근사한 시계를 갖고 있다 할지라도, 결국 충분한 시간을 가진 사람은 아무도 없다."라는 문장이 기억에 남는다. 돌이켜 보면 시간이 남아서 무언가를 배우고, 나를 위한 시간으로 보낸 적은 거의 없었다. 내가 원하는 것이 있으면 나에게 주어진 시간을 어떻게 사용할지 고민하고, 나만의 방법을 찾으려고 했다.

내가 만든 업무 시스템은 월간, 주간, 일일 업무 계획 세우기, 관련 업무처리에 필요한 서류 파일링, 업무처리 기준을 정하는 것이었다. 같은 시간 안에 신속하고 정확하게 업무를 처리하고 나만의 시간을 확보할 수 있었다. 자신이 하는 업무의 특성이나 업무처리 성향에 맞게 자신만의 프로세스를 만들어 보는 것이다. 지금 하는 일을 효율적으로 하는 것만으로도 나만의 시간을 확보할 수 있다. 내가 보내는 24시간의 활동을 기록하고, 객관적으로 살펴보는 것도 나만의 시간을 확보하는 또 다른 방법이다.

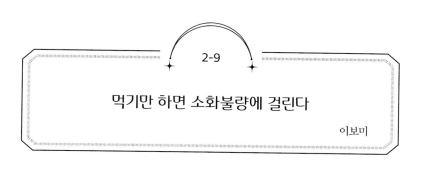

먹기만 하면 소화불량에 걸린다

이보미

    일로써 인정받는 것이 나에게 가장 가치 있는 삶일까? 친구, 가족, 취미 등 내 개인 생활을 보내는 시간을 아껴서라도 일을 먼저 해야 할까? 왜 일을 해도 해도 계속 해야 할 일들이 남아있을까? 내가 그랬다. 한 달, 일주일 단위 빽빽하게 차 있는 일정을 해낼 때마다 뿌듯함을 느꼈다. 주말까지 일한 것조차 자랑스러워했다. 사십 대 나이에는 인생에서 일이 가장 중요한 시기인 줄 알았다. 남들 쉬는 시간조차도 일해야만 성공할 수 있다는 바보 같은 믿음이 있었다. 나는 내 일을 정말 좋아하는 사람이며 타고나기를 일 욕심이 많은 사람이라며 내 자신을 믿었다.

    사십 대가 되니 회사에서 인정받기를 좋아하는 친구들이 하나, 둘씩 번 아웃이 왔다. 프레젠테이션하기 전에 극도로 심장이 떨리고 우울증약을 먹게 되었다고 한다. 이십 대 때 일이 좋아 열정을 다했다. 이제는 무기력해져서 침대 밖으로 나오기조차 힘들다고 했다. 이때까지도 번 아웃은 남 일인 줄 알았다. 작년에, 일을 하면서 쓰러질 것같이 어지러웠다. 가끔 죄를 지은 것처럼 심장이 뛰어 잠이 오지 않았다. 눈을 감고 폭포 소리, 빗물 소리를 들었다. 베개 옆에는 뇌과학과 명상으로 치유하는 벽돌 책, ≪내면 소통≫이 놓여 있었다. 그때뿐이다. 체력이 떨어진 줄 알고 매일 고기가 들어 있는 음식을 먹었다. 나는 분명 내 일이 힘들다고 생각하지 않았다. 오히려 좋아하는 일을 하기에 나는 행복한 사람이라고 생각했다.

나에게도 번 아웃이 왔다. 작년 팔월 중순 심장이 미친 듯이 뛰었다. 드디어 내일부터 휴가였지만 비행기를 타기조차 힘들었다. 항공권을 취소하고 병원으로 뛰어갔다. 하지만, 병원에서도 원인을 찾지 못했다. 그렇게 6개월을 힘들어하다가 올 일월에 신경정신과를 찾아갔다. 병원에서 찍은 뇌파 사진은 충격적이었다. 정상적인 뇌파 사진은 녹색이다. 내 자율 신경계 뇌파 사진은 주황색이었다. 전형적인 번 아웃 증상으로 자율 신경계 이상이 온 것이다. 내 몸은 작은 일에도 예민하고 극도로 반응하는 상태가 되었다. 사람을 만나는 일도 귀찮았다. 하루 밥 세 끼 먹는 생각만으로 즐거웠는데 밥맛이 돌덩이다. 내 몸은 경계 태세를 갖춘 고슴도치였다. 조금만 일해도 신경이 예민하게 반응했다. 일이 즐겁고 행복하다고 말하면서도 늘 피곤하고 힘들었던 이유이다.

원인은 휴식을 시간 낭비라고 생각했던 내 마음가짐이었다. 이십 대 때 영어 강사가 되기로 결심하였다. 이후, 어학원, 유치원, 입시학원, 초등학교 등 분야, 나이를 가리지 않고 경험을 쌓아 나갔다. 삼십 대는 영어 강사로 일하면서 저녁에는 대학원에 다녔다. 그렇게 십칠 년 동안 경력을 쌓고 드디어 내 사업을 시작하니 얼마나 잘하고 싶었을까? 처음에는 건강을 위해 주 사 일 근무, 하루 다섯 시간 이하 수업만 하겠다고 계획을 짰다. 하지만, 평일 새벽 세 시까지, 주말 내내 수업 자료를 만들기 시작했다. 잘하는 일과 좋아하는 일이 같아서 세상에서 제일 행복한 사람이라 생각하면서 말이다. 하지만, 열심히 살아왔던 나에게 훈장으로 남겨진 주황색 뇌파 사진은 충격이었다. 내 생각과 몸은 같은 줄 알았더니 아니었다.

결국, 올해 이월 말 일주일 휴식 시간을 가졌다. 처음으로 아무것도 하지 않았다. 멍하니 바다를 보며 일주일을 쉬었다. 내 눈앞에는 파란 하늘과 얇게 밀려오는 파도뿐이었다. 간간이 새소리만 들렸다. 놀랍게도 이후부터 어지럼증이 나타나지 않았다. 너무 많은 생각들이 꼬리를 무는 불안감도 사라졌다. 죄를 지은 듯 쿵쾅대던 심장 소리도 들리지 않았다. 나에게 필요했던 것은 휴식이었다. 휴식 시간을 낭비된 시간으로 생각했던 내 생각이 문제였다. 내가 어떻게 시작했던 일인데, 건강의 이유로 일이 즐겁지 않으면 오래 할 수 없다는 생각이 들었다. 고민 끝에 결국 다음 두 가지 방법을 선택했다.

첫째, 일 이외 시간을 다른 계획으로 미리 채워 버렸다. 내 성격에 일정이 없으면 분명 컴퓨터를 켜고 수업 자료를 만들고 있을 것이다. 성격은 고치기 힘들다. 일을 하지 않는 시간에 건강, 친목, 자기 계발로 미리 채워 놓았다. 주 칠 일 중 토, 일은 아무것도 하지 않는 시간으로 정했다. 집에서 편안한 의자에 앉아 TV를 보거나 집 근처 둘레길을 걷는 시간이다. 일이 없는 평일 오전은 운동하고 낮잠 자는 시간으로 정했다. 아침 일곱 시에 한 시간 정도 헬스를 하고 집 안을 정리한다. 점심을 먹은 후 노란 소파에 누워 30분간 낮잠을 잔다. 기분이 개운해진다. 오후에 아이들 만날 때도 웃으면서 목소리에 힘이 들어간다. 내 뇌는 휴식이 필요했나 보다. 여유 시간을 친목, 건강, 취미를 위한 시간으로 정해놓으니 어지럼증, 불안감을 느낀 적이 없다.

둘째, 온라인 도구를 이용해서 업무를 단순화, 자동화했다. 나는 내가 욕심이 많은 사람이라 하나부터 열까지 다 해야 하는 사람이라고 자랑스럽게 말했다. 하지만 내 열정이 이렇게 강하면 뭐할까? 뇌파는 주황색이 되었는데 말이다. 비용을 투자해서 온라인 도구를 사용했다. 책들은 유료 결제 스캐너로 바로 텍스트화시켰다. 내 시간이 많아졌다. 온라인 프로그램에 영어원서 지문, 주요 문장들을 올려놓았다. 아이들은 한 문장씩 듣고 따라 한다. 수십 명 아이들 발음을 하나하나 듣고 피드백을 주고 싶다. 현실적으로 힘들다. 온라인 프로그램이 영어 발음의 유창성, 인토네이션까지 점수로 알려

준다. 세상에는 나 말고 훌륭한 사람, 도구가 많다. 온라인 도구를 이용해 일을 단순화, 자동화시켰다. 내 일이 더 즐거워졌다.

쉬지 않고 일만 하는 것은 음식을 먹기만 하는 것과 같다. 음식을 먹기만 하면 소화불량에 걸린다. 음식을 씹어도 보고 맛을 음미한다. 꿀꺽 삼키고 소화되는 시간도 기다려야 한다. 일도 마찬가지다. 일만 열심히 하면 번 아웃이 온다. 이젠 주말 늦게까지 일하는 것은 오히려 시간 관리를 잘못하고 있다는 증거이다. 삼 일 내내 워드를 쳤던 일들이 세 시간도 안 걸린다. 온라인 도구를 이용한 후 비용이 더 들지만, 내 몸은 편해졌다. 예전에는 내가 새벽까지 수업 준비를 했으니, 아이들도 그만큼 열심히 해주기를 바랐다. 이제는 주말 이틀은 확실하게 쉬니 월요일 일을 시작할 때 마음이 가볍다. '오늘은 어떻게 하면 더 신나게 가르쳐줄까?' 아이들을 만나는 시간이 기다려진다.

건강한 미래의 약은 새로운 경험이다

이복선

매년 습관처럼 진행했던 건강검진 도중 이상 증상이 나왔다. "췌장에 이상이 있습니다. 5대 병원에 가서 정밀 검사를 받아 보십시오."라는 의사의 말을 들었다. 순간 내가 어떻게 살아왔는데 왜 세상은 내 편이 아닌가? 원망하는 마음만 들었다. 힘들게 큰 병원 예약을 하고 두 달을 기다렸다. CT, MRI, 조직검사 등 2년간 추적검사를 했다. 암으로 의심되고 물혹이 급격히 커지고 있어 위험했다. 수술해야 한다는 결론이다. 췌장 이상의 원인은 알 수 없다. 할 수 있는 최선이 수술이다. 스스로 노력해서 해결할 수 있는 선은 아니다. 전문가에게 의지하여 치료하고 결과를 확인해야 한다는 것 자체가 받아들이기 힘들었다.

어렵게 수술받고 퇴원하였다. 집에서 아픈 사람이 있어 요양병원을 고민하다가 집으로 퇴원했다. 외출도 못 하고 빨리 회복되기만을 기다렸다. 친정엄마를 보살펴주시는 요양보호사의 사람을 대하는 모습이 자세히 보였다. 봉사하는 마음마저 겸비한 분이다. 도움이 필요한 상대를 대하는 모습이 남달랐다. 친정엄마를 대할 때는 꼭 눈 마주치며 고개를 끄덕여 주신다. 불편한 곳이 없는지 늘 물어보며 확인한다. 요양업무 매뉴얼대로 실천하신다. 그 과정이 사무적일 수도 있는데 따뜻하고 정성스러운 마음이 가득하다. 보는 가족들도 신뢰할 수 있는 분이다. 정식으로 배우고 싶어졌다. 요양보호사 자격증에 도전해 보고 싶었다. 도움이 필요한 가족을, 배움을 통해 좀 더 나은 보살필 수 있다. 나의 노년을 어떻게 받아들여야 하는지 알 수 있다. 평소에 관심이 있는 부분이다. 수업 과정을 물어보고 학원에 등록하였다.

과정을 이수하기 위해 말로만 듣던 주간 돌봄 센터에 갔다. 실습 장소에 도착하자 관계자가 하는 말씀은 "배운 대로 못 합니다. 실전은 책과 다릅니다."라고 한다. 첫날은 하루가 길었다. 초긴장 상태로 퇴근하였다. 퇴근 후 피곤해서 바로 쓰러졌다. 언제 또 내가 여기에 계신 어르신들을 뵐 수 있겠는가? 하는 생각에 근무해 오시던 선생님의 한 마디 한 마디를 놓치지 않으려 했다. 만났던 어르신의 건강 기원을 속으로 기도하며 하루하루 실습을 하였다. 함께 있는 친정엄마가 감사하게 느껴지는 순간순간을 즐겼다.

돌봄 센터 대표님은 치매 어른이 계속 늘어난다고 한다. 치매 어른은 처음에는 눈빛이 다르다. 화가 나 보이는 분들을 대하는 것은 낯설다. 어르신의 살아온 생활방식이 모두 다르듯이 몸도, 표현도 모두 각양각색이다. 부정적인 행동과 말씀으로 순간순간 상처를 받기도 했다. 결론은 아픈 분들이니 이해하고 그에 대한 대처 방법대로 배워 나가는 것이 최선이다. 그 속에서도 봉사활동을 하시는 분이 계신다. 노래도 가르쳐 주고 기초적인 신체운동, 인지 운동, 색칠 공부 등을 가르쳐 주신다. 잘 따라 하시는 분들도 계시지만 대부분이 어렵다고 말씀하신다. 어르신의 잔존기능 유지를 위해 봉사를 실천하는 보습이 아름답다.

다음은 요양원으로 갔다. 여기 계신 분들의 상황은 더 나쁘다. 돌봄 센터와 다르게 어르신들의 자유로운 활동을 할 수 없는 분들만 계셨다. 교재 설명처럼 밥 드시고 나서 계속 달라고 하는 분이 계셨다. 간호사나 요양사에게 욕하는 것은 아무것도 아니었다. 치매도 다양하다. 물건을 훔치는 어르신, 경찰에게 신고해 달라는 어르신, 배회하는 어르신, 약을 안 먹었다고 계속해서 약 달라고 하시는 어르신, 옷을 자꾸 벗는 어르신까지 정말 책하고 달랐다. 식사의 양도, 종류도 다르다. 침상 어르신 욕창을 치료하는데, 간호사님이 도와 달라고 하셨다. 치료를 위해 어깨와 엉덩이 부분을 옆으로 돌려 잡고 있었다. 상처 부위에 소독하고 연고를 바르는 치료를 매일매일 하신다. 체위 변경을 자주 해야 한다고 했는데 지금은 처음보다 좋아진 상태라고 했다. 기저귀도 확인하고 편안하게 눕혀 드렸다. "고마워요."라고 말씀을 하셨다.

주변 소독을 위해 침대 난간, 의자 등 꼼꼼하게 청소하려는데 한 어르신이 나를 불렀다. "이봐요. 내가 여기 와 있는지 알아요? 집도 생각이 안 나고 여기가 어딘지도 모르겠어. 누구한테 물어봐야지?" 좀 전까지 "미친년들이 밥을 언제까지 하는지 왜 아직도 아침을 안 주고 지랄이야"라고 말씀하신 분의 방이라 떨리는 마음으로 들어갔는데 이렇게 말을 걸었다. 지나가던 직원분이 "어르신, 우리도 몰라. 이따가 원장님 오시면 물어볼게."라며 지나가셨다. 어르신은 "통 생각이 안 나네!"라며 침대에 누우신다. 이런 현상이 남의 일이 아니라고 생각한다. 이분도 소중한 그 누군가의 딸, 연인, 아내, 엄마였다. 몸보다 마음과 뇌가 아픈 분이다.

내 몸에 병의 원인을 알 수 없다고 했다. 해결 방법이 수술밖에 없다는 의사의 말을 들었을 때 실망감이 너무도 컸다. 의학이 발달했다면서 다른 사람들만 적용되는 것이구나! 열심히 살아도 소용이 없네. 좌절감도 오래도록 지워지지 않았다. 위로 혹은 관심으로 안부를 묻는 전화가 온다. 만나서 밥이라도 먹자는 이야기가 대부분이다. 모두 거절하였다. 건강한 상태에서 공부에 도전했다면 상황과 생각은 지금과 같지 않았다. 건강에 대한 강박을 갖고 살 필요는 없다. 인생에 대한 흐름을 알아가는 것은 큰 의미가 있다. 부모가 아플 때는 부양을 거부하고, 정작 돌아가시면 땅을 치고 우는 배우 역할은 다시 고민해 보아야 한다.

대부분 누구나 부모이고 시간이 지나면 노인이 된다. 자신의 편안함과 성공을 위해 살아가고 있다. 노후의 삶이 그 무엇보다 중요하다. 주변 사람들에게 물어보면 대부분 노후에 예상되는 삶, 꿈꾸는 삶을 바로 말하지 못한다. 지금의 어르신들은 누구보다 치열하게 삶을 살아온 분들이다. 한분 한분 존경받아야 마땅하다고 본다. 어려운 시절을 살아온 분들로서 인간으로서 더 존중받아야 한다. 내 스스로, 내 주변도 존중받는 세상이 되었으면 좋겠다. 그 우선순위가 어르신이다.

똑같은 생활 습관으로 시간을 보낸다면 똑같은 결과를 만난다. 스스로 배우지 않고 다 안다고 착각하는 경우가 있다. 쉽게 해결할 수 있는 갈등도 몰라서 마음의 상처를 주기도 한다. 새로운 경험을 통해서 미래의 나를 생각해 보고 지금의 내 부모를 이해하는 소중한 시간이었다. 무더운 날 복대를 하고 배운 공부는 건강한 삶이 무엇인지 알게 해주었다. 또 다른 배움의 경험은 살아가는 이유와 존중받아야 하는 부모에 대해 생각하는 시간이 되었다. 이 과정을 통해 밝고 단단한 가족을 만들기 위해 노력 중이다. 얼마 전 자격증을 받았다. 그 어떤 분야의 공부보다 삶에 필요한 공부였다. 새로운 경험, 공부는 살아가는 방향을 알게 해주는 길잡이가 된다.

제3장

Skill

–

이것이 취미이자 특기

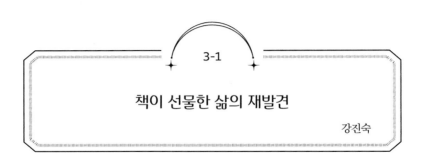

책이 선물한 삶의 재발견

강진숙

"세계를 누비는 비즈니스 우먼이 되고 싶습니다." 대학교 4학년 졸업반 때, 꿈에 대해 발표하는 수업에서 나는 이렇게 말했다. 전공이 신문방송학이라 동기들은 아나운서, 기자, 방송작가, 마케터 등 전공과 관련된 직업을 꿈꿨지만, 나는 달랐다. 대학교 3학년 때 읽은 《스물셋의 사랑, 마흔아홉의 성공》의 저자 조안리처럼 멋진 사업가가 되고 싶었다.

세월이 흘러 첫째를 낳고, 우연히 이지성 작가의 《리딩으로 리드하라》를 읽게 되었다. 이 책은 나에게 지적 성장에 대한 갈망을 불러일으켰다. 직장 생활 10년 동안 독서와는 멀어졌던 내가, 그때부터 틈만 나면 책을 읽기 시작했다. 그러나 처음에는 집중이 되지 않아 책을 읽다 잠들기 일쑤였고, 속도도 느렸다. 한 권을 읽는데 한 달이 넘게 걸리기도 했고, 시간이 지나면 무슨 내용이었는지 잊어버리기 십상이었다. '독서를 통해 지혜로운 사람이 되고 싶다'는 목표는 너무나 멀어 보였다.

혼자만의 독서는 한계가 있다는 걸 깨닫고 독서 모임을 찾았다. 놀랍게도 기회는 뜻밖의 곳에서 왔다. 아는 원장님 아내가 창원에서 중고 책방을 운영하고 있었다. 월 2회 토요일마다 독서 모임이 진행 중이었다. '첫 페이지' 첫 모임에 참석했을 때, 참가자 대부분은 20대였다. 하지만 독서량과 책에 관한 지식은 나보다 월등했다. 그후로 꾸준히 참가하면서 독서 모임의 매력에 빠져들었다. 내 관심사와 다른 책들도 읽고 토론하는 과정에서 사고가 넓어졌다. 책을 읽고 생각을 표현할 수 있다는 것 자체가 큰 배움이었다.

독서 모임에서는 회원들이 돌아가며 읽을 책을 선정하는데, 처음으로 내가 책을 선정할 차례가 되었을 때 긴장되었다. 책을 많이 읽지 않았던 터라 모든 회원이 흥미를 느낄 만한 책을 선정하는 것이 쉽지 않았다. 하지만 서서히 그 요령을 터득해 갔다. 모임에서 선정한 책은 100% 읽고 참석했다. 그것이 나의 부족함을 채우는 유일한 방법이었다. 그렇게 매달 두 권의 모임 책과 내가 선정한 한 권을 더해 매년 30권 이상을 꾸준히 읽기 시작했다. 시간이 지나자 점차 읽는 것에 익숙해졌고, 다양한 분야의 책을 겁내지 않고 읽게 되었다.

《스물셋의 사랑, 마흔아홉의 성공》과 《리딩으로 리드하라》는 나의 인생 책이다. 누구에게나 흥미롭고 가슴 뛰게 하는 책이 존재한다. 그런 책을 만나면 누가 시키지 않아도 독서의 매력에 빠져들게 된다. 나에게는 특히 자기 계발 도서들이 재밌었고, 내 꿈을 다시 점검하게 해주는 역할을 했다. 책을 읽을 때마다 나의 목표를 구체적으로 적고, 간절한 꿈을 이루기 위해 행동해 나갔다. 시크릿의 법칙은 어디서나 통하고 간절한 꿈은 이루어진다는 것을 믿는다. 새벽 기상 후 이부자리를 정리하며 하루를 시작한다. 하루에 두 명씩, 누군가의 성공을 빌어 준다. 10년, 20년, 30년 후 나의 모습을 구체적으로 적어 본다. 사진을 붙여 꿈을 시각화한 드림 보드를 만든다. 책을 읽으면서 좋은 습관들이 차례로 나의 삶에 스며들었다.

2022년, 켈리 최 웰싱킹 주관 '끈기 프로젝트 100일 독서 편' 챌린지에 참여했다. 100일 동안 매일 책을 읽는 도전이었다. 오렌지 방에 소속되어 완주하게 되었고, 매일 책을 읽을 수 있다는 사실에 스스로 놀랐다. 내가 속한 그룹의 리더는 《평단지기 독서법》의 저자인 이윤정 작가였다. 그녀는 7년째 하루도 빠짐없이 독서하고 블로그에 글을 발행하는 꾸준함의 대가다. 나는 그녀가 나를 이끌어 줄 멘토라고 직감했다. 100일 독서 프로젝트가 끝난 후에도 월 3회 글쓰기 수업과 1회 독서 모임을 하며 인연을 이어가고 있다. 책만 읽던 내가 이제는 글을 쓰는 작가가 되는 꿈을 꾸게 되었다. 꾸준히 한 가지를 실천하니, 다음 목표로 나아가는 기적을 경험하게 된 것이다.

최근 지인에게 다국적 기업에서 근무하다가 홀연히 사직서를 내고 태국 밀림의 숲속 사원에 귀의한 스님인 비욘 나티코 린데블라드의 《I MAYBE WRONG, 내가 틀릴 수도 있습니다》라는 책을 선물했다. 이 책을 읽고 그녀는 자신의 인생이 이 책을 읽기 전과 후로 나뉠 것 같다며 깊은 감명을 받았다고 했다. 누군가에게 어울리는 책을 선물하고, 그 사람이 그 책을 통해 변화와 성장을 경험한다. 이처럼 매력적인 일이 있을까? 주변 사람들에게 책으로 동기를 부여하는 사람으로 거듭나고 싶은 새로운 목표가 생겼다.

국민 모두 잘사는 나라, 남녀평등의 나라, 행복지수 전 세계 1위가 핀란드라는 것을 알게 되었을 때, JP 인터네셔널을 김해에서 행복지수가 가장 높은 회사로 만들고 싶다고 생각했다. 행복한 핀란드인의 저력 뒤에는 전 국민 독서 운동이 있었다. 2025년부터 우리도 본격적으로 독서 경영을 시작할 것이다. 회사에서 하루 8시간을 보내는 팀원들, 그들이 일하는 동안 행복했으면 좋겠다. 출근이 기다려지는 곳, 목표를 달성하고 성과를 공유하는 곳으로 만들고 싶다.

나는 책에서 삶의 방향을 찾았고, 독서 모임에서 깊이 사고하는 힘을 길렀다. 책을 읽으며 나만의 가치관이 하나씩 정립되어 갔다. 책이 나에게 준 선물은 단순한 정보나 지식을 넘어, 나 자신을 끊임없이 발전시키는 힘과 영감을 주었다. 나는 이제 더 이상 책을 읽는 것에만 그치지 않는다. 책을 통해 세상을 배우고, 꿈을 구체화하며, 타인에게도 변화를 전하는 메신저가 되어 가고 있다.

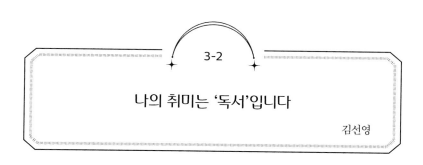

3-2

나의 취미는 '독서'입니다

김선영

어릴 적, 자주 받았던 질문 중 하나는 '취미가 뭐예요?'였다. 그 질문을 받을 때마다 곤란했다. 당시에는 특별히 내세울 만한 취미가 없었기 때문이다. 하지만 시간이 흐르면서 다양한 경험을 통해 나만의 취미를 찾기 시작했다. 결혼 후 첫 취미는 인스타그램이었다. 친한 친구들과 일상을 공유하는 것이 즐거웠다. 그러다 이벤트 응모의 재미를 알게 되었다. 몇 번 참여하니 알고리즘 덕분에 이벤트 응모 페이지가 자주 눈에 띄기 시작했다. 그때마다 응모했고, 한 달에 열 번 이상 당첨되기 시작했다. 음료수, 커피, 귀여운 굿즈, 프라이팬, 식칼, 밀키트까지 다양한 경품을 받으며 뜻밖에 재미를 느꼈다.

가장 기억에 남는 것은 코엑스 인터콘티넨탈 호텔 숙박권에 당첨

된 일이다. 만화 캐릭터를 색칠해 응모했을 뿐인데 1등에 당첨됐다. '호텔 숙박권 같은 큰 상품은 조작이지.'라고 생각했던 내게 꿈만 같은 일이었다. 가족과 함께 보낸 1박 2일은 평소에 경험하지 못했던 특별한 순간이었다. 특히 도착하자마자 창밖 풍경을 바라보며 방방 뛰고 기뻐하던 아이의 모습이 떠오른다. 객실은 벽지, 이불, 욕실 타일과 세면용품까지 모두 핑크퐁으로 꾸며져 있었다. 호텔의 멋진 전망과 편안한 침대, 맛있는 음식을 먹으며 그날은 늦은 밤까지 까르르 웃음꽃이 피었다.

하지만 소소한 행복도 마음의 공허함을 완전히 채워주지는 못했다. 새로운 취미가 필요했다. 그래서 남들이 흔히 말하는 '취미는 독서다'를 실천해 보기로 했다. 하지만 6년 만에 시작한 독서는 생각보다 벅찼다. 읽은 책의 제목과 내용이 기억나지 않았다. 그래서 평소 취미로 하던 인스타그램에 글을 남기기 시작했다. 기록하는 재미가 있었고, '와! 책 진짜 많이 읽으시네요.', '정말 꾸준하세요.'라는 칭찬을 받을 때마다 내 마음은 가벼워지고 뿌듯함이 느껴졌다.

평소 종이책을 선호하던 나는 전자책을 읽는 것이 내심 불편했다. 도서관에서 책을 빌리는 것도 시간과 노력이 필요했다. 그렇다고 경제 활동을 하지 않는 내가 읽고 싶은 책을 전부 구매하기에는 경제적 부담이 컸다. 고민 끝에 이벤트 응모 때의 경험을 떠올리며, 우연히 알게 된 서평단에 지원했다. 이를 통해 매달 10권 이상의 신간 도서를 지원받게 되었고, 책을 읽고 서평을 쓰는 활동을 통해 책 읽기의 즐거움을 다시 느낄 수 있었다.

읽고 쓰는 일은 나에게 큰 즐거움이었다. 첫 시작은 쉽지 않았지만, 꾸준히 노력한 덕분에 책의 내용을 점점 더 잘 기억할 수 있게 되었다. 글쓰기 실력도 늘어갔다. 지금은 월평균 22권 이상의 책을 읽고 서평을 쓰고 있다. 일 년 전, 아무것도 할 수 없을 것 같았던 내가 이제는 책을 읽고 글을 쓰고 있다. '일 년에 책 한 권 읽지 않는 사람이 다수다'라고 하는 통계에도 불구하고 말이다.

나에게는 다양한 취미가 있었다. 아이가 어릴 때는 펠트로 디저트를 만들어 주방 놀이를 했다. 어린이집 코스프레 행사에서는 펠트로 스펀지 밥 의상을 만들어 입히기도 했다. 아이의 책장은 오래된 가구를 페인팅하여 연보라색 옷을 입혀주었다. 벽에 그림을 걸고 싶었을 때는 작은 캔버스를 사서 아크릴물감으로 귀여운 그림을 그렸다. 숫자에 맞춰 아크릴물감으로 색을 칠해 완성하는 DIY 명화도 그렸다. 한동안 마카 채색에 관심이 생겨 컬러링 이벤트에 일 년 반 동안 참여했다. 3등 상품으로 받은 마카들로 세트를 만들었다. 당시에는 컬러링 이벤트 행사가 많아 치킨 세트도 여러 번 받았다. 가족과 함께 치킨을 먹으며 참여하는 보람을 느꼈다.

이 모든 일들은 특별히 잘해서 참여한 것이 아니다. 그저 '꾸준히'

무언가를 시도했을 뿐이다. 특히 독서를 취미로 시작하면서 꾸준함의 힘을 많이 느끼게 되었다. 단순히 책을 읽고 글을 썼을 뿐인데, 긍정적인 에너지를 주는 따뜻한 분들을 알게 되었다. 활기 넘치는 독서 모임에 가입하고, '100일 글쓰기 챌린지'에도 참여하며, 글쓰기 실력을 키워가고 있다. 이제는 내 이름이 박힌 책 한 권 출간해 보겠다는 꿈도 꿀 수 있게 되었다. 나의 세상이 넓어지고 있으며 새로운 인생을 꿈꾼다. 이러한 경험들은 무기력했던 나의 삶에 큰 희망을 주었고, 더 나은 사람이 되고 싶다는 동기를 부여했다.

지금 나는 더 이상 무기력하지 않다. 나의 꿈을 향해 한 걸음씩 나아가고 있으며 그 과정에서 많은 것을 배우고 있다. 여전히 어려운 순간도 있지만 그 순간들을 극복하기 위해 계속 노력하고 있다. 그 덕분에 나는 조금씩 성장하고 있다.

앞으로도 꿈을 이루기 위해 꾸준히 노력할 것이다. 그 과정에서 만나는 사람들과의 인연을 소중히 여기며, 삶을 더욱 풍요롭게 만들어 갈 것이다. 있는 그대로의 나를 인정하고, 가능성을 믿으며, 더 나은 내일을 향해 나아가고 있다. 이 모든 것이 '나의 취미 독서' 덕분이다.

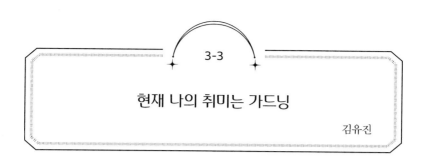

현재 나의 취미는 가드닝

김유진

초등학교 다닐 때 취미와 특기를 적으라고 하면 늘 불만이었다. 친구들은 쉽게 적는 것처럼 보였다. 나는 적을 게 없었다. 선생님께 취미와 특기가 무엇이 다른지 물었다. "취미는 네가 즐기면서 하는 거야. 특기는 네가 잘하는 거야." 마땅히 만족스러운 답이 생각나지 않았다. 일곱 살부터 열두 살까지 피아노를 배웠다. 그래서 취미와 특기에 피아노 치기를 적었다. 중학교 1학년 때 취미와 특기를 제출해야 했다. 피아노 치기는 더 이상 적고 싶지 않았다. 다시 고민했다. 생각난 게 바로 잠자기였다. 머리를 바닥에 대면 바로 잠들었다. 다른 어떤 것보다 잠자는 게 좋았다.

성인이 된 후에는 취미와 특기 적는 곳이 없어서 다행이었다. 사람들과 대화하다 보면 가끔 듣는 질문이었다. "글쎄요~" 라고 하며 대답을 피했다. 명확하게 말할 수 있는 취미와 특기가 없었다. 나의 취미와 특기는 무엇일까? 당당히 사람들 앞에서 '저 이런 거 좋아하고 이런 거 잘해요.'라고 말할 수 있는 것은 무엇일까? 답은 바로 지금 내가 직업으로 하는 일이다. 누군가는 어떻게 일이 취미이자 특기일 수 있냐고 할 것 같다. 얼마나 말할 것이 없으면 그러냐고 할지도 모르겠다. 그런데도 지금 나에게 누군가 묻는다면 내가 하는 일이라고 대답할 것이다.

중학교 1학년 때 진로 고민을 시작했다. 좋아하는 일을 직업으로 선택하고 싶었다. '좋아하는 것은 무엇일까?', '무언가를 직접 만드는 것, 그림 그리는 것, 디자인하는 것이 좋은데 이걸로 할 수 있는 것은 뭘까?', '디자인 배우려면 돈이 많이 들겠지?', '바로 돈 벌 수 있는 길이 있나?' 답을 얻기 위해 5년 동안 나에게 질문과 대답을 반복했다. 고등학교 2학년 때 진로 고민을 끝냈다. 고등학교 3학년 때 가고 싶은 대학을 결정했다. 부모님 반대가 있었지만 내 고집대로 밀고 나갔다. 1지망으로 지원했던 대학에 떨어졌다. 어쩔 수 없이 2지망 대학으로 갔다. 대학 공부를 마치고 바로 취업했다. 현재까지 다니고 있는 직장이다. 대학 공부를 마치고 지금까지 이 일을 하고 있다. 15년이 지난 아직도 질리지 않는다.

나의 직업은 가드너다. 정원에 식물을 심는 사람이다. 정원을 디자인하고, 정원을 관리하는 사람이다. 식물에 대해 본격적으로 배운 것이 스무 살이다. 대학 때 처음 전공으로 배우게 되었다. 내가 키워본 식물은 방학 숙제로 키운 봉선화가 전부였다. 식물 이름도 많이 알지 못했다. 10대 때 하던 공부는 지루했는데 정원을 만들고 가꾸는 데 필요한 공부는 스스로 찾아가며 배웠다. '무엇을 심으면 정원이 예뻐질까?', '정원을 어떻게 관리하면 편할까?', '사진 속에 식물을 어떻게 하면 예쁘게 담을까?', '식물을 그림으로 그려볼까?', '정원을 보러온 손님들에게 어떤 이야기 해줄까?' 등등 식물을 공부하면서 끊임없이 했던 질문이다. 재미있어서 시간이 순식간에 지나갔다. 심은 씨앗이 싹이 나서 점점 커지는 순간이 가장 설렌다. 조심스레 이야기해 본다. "제 취미는 가드닝이에요."

가드닝의 사전적 의미는 '정원을 가꾸고 돌봄. 또는 그런 일'이다. 범위가 넓다. 그중에 콕 하나 집어서 선택하기엔 식물이나 정원 관련된 모든 일이 다 재밌다. 매일 물주고 풀 뽑는 것과 같은 반복적인 일이 지루할 수 있다. 하지만 매일 달라지는 식물을 보면 전혀 지루하지 않다. 특히 사람들과 식물이나 정원에 대해 이야기하면 시간 가는 줄 모른다. 어릴 때는 게임도 재밌었고, 피아노 치는 것도 재밌었고, 노래 부르는 것도 재밌었지만 지금은 식물과 노는 게 제일 재밌다. 가드닝의 매력에 빠져 콩깍지가 단단히 씌었다. 식물을 마주하면 나도 모르게 눈이 빛난다.

이젠 어디를 다녀도 꼭 식물이 있는 곳부터 간다. 여행을 가면 먼저 식물원이나 다른 정원부터 찾는다. 여행지를 일부러 식물 관련

된 곳으로 간다. 오죽하면 신혼여행 일정에 식물원이 들어 있었을
까. 지금도 남편과 데이트할 때 식물원에 함께 가곤 한다. 남편이
"일하러 온 거야? 쉬러 온 거야?"라고 하면 미안한 마음에 멋쩍다.
혼자 보고 싶은 전시회에 가면 식물이랑 어떻게 연결하면 좋을지
상상해 본다. '이 식물과 저 식물을 같이 심을까?', '이 공간에 어떤
식물을 심으면 예쁠까?', '이렇게 심으면 여기서 오래 살까?' 생각하
느라 바쁘다. 그런 시간이 얼마나 지났을까? 나도 모르는 사이에 정
원 보는 눈이 생겼다. 정원을 보면 시간이 어떻게 지나왔는지 그려
진다.

처음부터 확실하게 가드닝을 해야겠다고 정하고 시작한 건 아니
었다. 나와의 대화를 통해 나를 파악했다. 진로 고민할 때도 그랬
다. 특히 새로운 것을 시작할 때 나에게 꼭 질문했다. 이것저것 해
보고 나와 맞는지 테스트했다. '이거 하면 재밌어?', '시간 가는 줄 모
르겠어?', '어때? 잘할 수 있을 것 같아?', '힘들지 않아?'라고 스스로
에게 물었다. '글쎄~ 좀 더 해보고.'라고 대답하고 관심이 끊기기도
했다. '재밌는걸!'이라고 생각하고도 갑자기 관심이 없어지기도 했
다. 지금까지 그만둔 것만 수두룩하다. 처음에 미지근한 반응이었
지만 이후에 재밌어질 때도 있다. 변덕쟁이라 선택이 어려웠다. 유지
하는 것은 더 어려웠다. 나와의 대화 덕분에 가드닝을 건졌다. 가드
닝을 중심으로 식물 관련된 취미가 늘었다. 식물 그림그리기, 리스
만들기, 식물 사진 찍기 등이 있다.

2020년을 기준으로 전 세계에 발견된 식물은 약 40만 종이 있다고 한다. 아직 발견하지 못한 식물이 분명히 있을 것이다. 사람도 마찬가지다. 식물을 '나'로 보고 식물의 종류를 '개성'으로 생각해 보자. 아직 우리 자신에게서 발견하지 못한 것들이 무궁무진하다. 각자의 개성이 발전하면 취미나 특기가 될 수 있다. 나처럼 일이 취미가 될 수도 있다. 때론 취미가 일이 될 수도 있다. 단순히 즐기기만 할 수 있다. 순서가 중요하지 않다. 나를 위한 일이라면 무엇이든 좋다. 해봤던 것, 하고 싶은 것들을 연결해 보자. 그러면 새로운 것을 발견할 수 있지 않을까?

부동산 재테크가 제일 재밌었습니다

김인숙

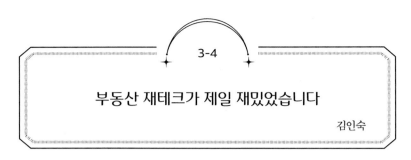

재테크를 처음 시작한 건 20대 때였다. 대학 동기가 펀드로 삼천만 원을 벌었다는 소식을 들었다. 재테크를 안 하고 살았던 자신이 바보 같았다. 저축을 전부 깨서 펀드에 넣었다. 하지만 남의 얘기만 듣고 가입했던 펀드는 결국 2~3년 만에 모두 반토막이 났다. 그렇게 나의 첫 투자는 마이너스 50% 수익을 남기고 끝이 났다. 주식 역시 안정성이 부족하다는 점이 나와 맞지 않았다. 자연스럽게 내 집 마련을 하면서 안정적인 부동산이라는 분야에 관심을 두게 됐다. 하지만 처음엔 나 역시 그냥 빨리 부자가 되고 싶었다. 전문가가 좋다고 찍어 준 지역에 쫓아갔다. 남들이 많이 샀다는 아파트를 무작정 사기도 했다. 하지만 그렇게 묻지마투자[12]만 하고 싶진 않았다. 더군

---

12 정확한 정보나 체계적인 시장 분석도 없이 마구 투자하는 일

다나 그런 방법으로 부자가 되고 싶지 않았다. 스스로 판단하고 결정하는 진짜 실력 있는 투자자가 되고 싶었다. 그래서 다시 제대로 공부해 보기로 했다.

우선 멘토를 정해서 그 사람이 공부한 방법을 그대로 따라 했다. 매달 한 곳을 정해서 임장을 가고, 임장 보고서를 작성했다. 꾸준히 강의를 수강하고 강의를 못 들을 때는 독서 모임에 참여했다. 한 달에 스무 번 이상 임장을 하였다. 아파트 매물[13]을 이백 개 이상 보기도 했다. 해도 해도 늘지 않는 것 같은데도 꾸준히 임장을 했다. 꾸역꾸역 임장 보고서를 작성했다. 그러다 보니 임장 보고서도 이십 개 이상이 쌓여갔다. 쌓여가는 임장 보고서와 임장 경험들이 나에게 점점 무엇을 보고, 어떻게 판단해야 하는지 명확한 기준을 가져다주었다.

처음 임장을 다니기 시작할 때는 뭘 봐야 할지 몰랐다. 그런데 딸아이까지 데리고 다녀야 했다. 무작정 "남편이 갑자기 발령이 나서 여기로 이사 오게 됐어요. 어디가 살기 좋아요?"라고 하며 부동산을 방문했다. 아이까지 데리고 다니니 부동산 사장님들도 친절하게 반겨주셨다. 하지만 사실 초보인데 '투자자'라고 말하는 것 자체가 무서웠다. 그때 딸아이를 유모차에 태우고 기준 없이 서울 여기저

---

13 팔려고 내놓은 물건

기를 누볐던 기억이 난다. 무작정 전문가가 좋다고 말한 지역을 보러 다녔다. 역세권[14]이 좋다는 말을 듣고 지하철 오백 미터 이내에 있는 아파트만 찾아다녔다. 또 호재[15]가 있는 곳만 살펴보고 호재로 가격이 많이 오를만한 아파트를 찾아다녔다. 뭘 봐야 할지 기준이 없어서 시행착오가 많았다. 그래도 꾸준히 부동산을 방문하고 동네를 둘러봤다. 임장이 끝나면 딸아이와 약속한 '키즈 카페'에도 방문했다. 식당에 들러서 맛있는 음식도 먹었다. 점점 동네 분위기가 어떤지, 어떤 사람들이 살고 있는지 살펴봤다. 내가 이 동네에 산다면 어디가 좋을지 생각했다. 아이 키우기 좋은 곳은 어디인지? 엄마들이 좋아하는 학교는 어디인지? 학교 가까운 단지는 어디인지? 학원가가 잘 되어 있는 곳인 어디인지? 지하철 이용이 편리한 곳은 어디인지? 산책하기 좋은 공원은 어디에 있는지? 상권이 잘 형성되어 있어 생활하기 편리한 곳은 어디인지? 유흥시설이 많은 곳은 어디인지 찾아봤다. 그때 뭐가 뭔지 모르면서도 다녔던 덕분에 지금은 뭘 봐야 하는지, 뭘 조심해야 하는지, 뭘 물어봐야 하는지, 더 잘 알 수 있게 됐다.

나는 매우 내성적인 사람이다. 처음엔 부동산에 전화하는 것도 너무 어려웠다. 매번 돈이 있어서 투자할 수 있는 것도 아닌데 바로 살 것처럼 부동산을 방문하는 건 더 힘들었다. 어떤 곳은 투자금이

---

14 지하철이나 기차역을 중심으로 보통 500m 반경 내외의 지역으로 도보로 5~20분 지역을 뜻함
15 도로나 지하철이 생기거나 재건축 등 부동산 가격을 상승시킬 수 있는 요인

십억은 있다고 거짓말을 해야 했다. 부동산 사장님과 대화하는 것도 힘들었다. 뭘 물어봐야 할지 몰라 당황스러웠다. 내가 실수로 한 말 때문에 사장님 표정이 바뀔 때면 도망치고 싶었다. 부동산 사장님과 대화가 끊길 때는 곤혹스러웠다. 멀리 있는 지방까지 임장 가 부동산 사장님께 투기꾼이라고 혼나기도 했다. 투자자들 진짜 싫다는 면박을 당하기도 했다. 하지만 익숙해질수록 부동산 사장님과 대화하는 게 덜 힘들어졌다. 점점 수다 떠는 것도 재미있어졌다. 그리고 경험을 쌓아갈수록 어떻게 해 나가야 하는지 길이 보이기 시작했다. 물론 부동산 규제와 완화, 유동성의 확대와 축소로 시장이 출렁이는 모습을 볼 때면 무서웠다. 게다가 미친 폭등장과 거센 하락장을 현장에서 경험하며 부동산 투자가 절대 쉽지 않다는 걸 온몸으로 배웠다. 하지만 그 경험으로 무리해서 투자해서는 안 된다는 것을 배웠다. 시장을 장담하면 안 된다는 것도 알게 됐다. 항상 시장에 겸손하고 자신이 감당할 수 있는 수준에서 투자해야 한다는 걸 뼈저리게 느꼈다.

　지금은 부동산 공부가 나의 유일한 취미이자 특기가 됐다. 동네의 분위기를 둘러보는 분위기 임장과 아파트 단지 하나하나를 살펴보는 단지 임장 그리고 부동산에 방문해 투자할 수 있는 집을 살펴보는 매물 임장까지 차근차근하며 지역의 특징을 파악한다. 물론 짧은 시간 안에 지역을 알아가야 할 때는 분위기 임장, 단지 임장, 매물 임장을 한꺼번에 하기도 한다. 어느 생활권을 사람들이 더 좋아하는지 파악한다. 상위 생활권에 속한 단지를 먼저 투자 대상으로 검토한다. 상위 생활권에 투자할 수 있는 물건이 없다면 다음 흐름을 먼저 받을 수 있는 하위 생활권의 선호도 높은 단지를 찾는다. 단지 하나는 물론이고 매물 하나에 집중한다. 더 좋은 물건을 찾기 위해 더 많은 부동산에 방문한다. 임장 활동에 익숙해지면서 처음보다 임장이 훨씬 더 재밌어졌다. 현장에서 새롭게 알아가는 게 즐겁다. 내가 살고 있는 대전은 물론이고 서울, 경기, 인천, 대구, 부산 등 전국의 아파트 시세를 파악한다. 전세가와 매매가의 흐름도 확인한다. 기존 아파트는 물론이고 새롭게 분양하는 단지들도 찾아본다. 과연 그 단지의 분양가는 적정한지, 입지는 좋은지 분석해 본다. 신기하게 전국을 비교하면 어느 지역은 지금 너무 싸고 또 어느 지역은 가격이 비싼 게 한눈에 보인다. 꾸준한 임장을 통해 전국의 아파트를 내 손바닥 위에 올려놓고 훤히 알고 싶다. 그리고 전국의 부동산 흐름을 한눈에 들여다볼 수 있는 투자자가 되는 것이 목표다.

가끔 나의 든든한 지원군인 가족과 함께 임장을 하러 간다. 남편은 지역을 넓게 봐야 할 때 운전기사 역할을 마다하지 않는다. 하루 1,000km 이상의 운전은 기본이다. 덕분에 지역 전체를 보거나 지역끼리 비교하는데 큰 도움이 된다. 내가 부동산을 방문할 때, 가족들은 주변의 공원이나 물놀이장, 박물관에서 놀 수 있도록 계획을 짠다. 지역의 맛집도 검색해서 루트에 넣는다. 혼자 갈 때는 게스트하우스 같은 저렴한 숙소를 찾는다. 하지만 가족과 함께할 때는 조금 더 돈을 주더라고 아늑하고 깔끔한 곳을 예약한다. 여유롭게 조식까지 먹을 수 있는 곳이면 더 좋다. 바로 살 것도 아닌 데 집 보는 게 미안하다며 남편은 부동산에 가는 걸 좋아하지 않는다. 오랜만에 함께 방문했던 부동산에서 사장님과 대화하는 모습을 보고 "실력이 많이 늘었네."라고 남편이 말해줬다. 사랑하는 가족에게 인정받은 것이라 그 어떤 찬사보다 기분이 좋았다.

나는 참 느린 사람이다. 빠릿빠릿한 성격이 아닌 탓에 뭔가 하나를 하는 데도 시간이 오래 걸린다. 머리가 특출나게 좋지도 체력이 좋지도 않다. 부동산에 타고난 재능이 있는 것도 아니다. 내가 할 수 있는 건 잘하고 싶은 부동산 공부에 남들보다 더 많은 시간을 쏟는 것밖에 없었다. 실력이 늘지 않아도 관심을 놓지 않았다. 꾸준함도 재능이라고 한다. 꾸준함만큼은 절대 남에게 뒤지고 싶지 않다. 어느새 10년 넘게 새벽에 일어나 책을 읽고 부동산 공부를 하고 있다. 물론 나보다 더 잘하는 사람을 만나서 주눅이 들 때도 있다. 하지만 포기하지 않았다. 실패하더라도 다음에 잘하면 된다는 생각으로 내가 할 수 있는 일에 집중했다. 지금도 나는 부동산 고수는 아니다. 하지만 내 실력으로 가장 좋은 물건을 찾고 더 좋은 물건을 협상으로 만들어낼 수 있는 투자자가 되어 가고 있다고 확신한다. 그저 내가 좋아하고, 가장 재밌어하는 일을 잘하는 사람이 되고 싶다. 그러기 위해 나는 오늘도 3시 30분에 눈을 떠 부동산 공부로 하루를 시작한다.

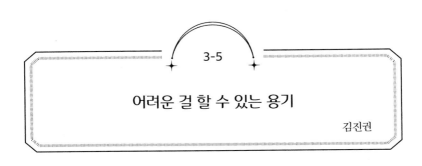

어려운 걸 할 수 있는 용기

김진권

오래된 경험이라도 뇌리에 각인된 인상적인 것은 시간이 지나도 생생하게 기억하게 된다. 나는 유치원에서 학예회 때 발표했던 '모기와 사자'라는 구연동화가 지금도 생각난다. 부모님들을 초대하여 모두가 보고 있는 무대에서 구연동화를 발표하는 시간이었다. 당시 무대에 서서 앞도 제대로 쳐다보지도 못한 채 연습한 대사와 동작을 겨우 끝냈던 상황이 지금까지도 생생하다. 그때 각인된 기억은 '부끄러움'이었다.

나는 내향적이고 남들에게 주목받는 것에 부담을 많이 느끼는 아이였다. 이런 성격 탓에 사람들 앞에서 무언가를 하는 내 모습을 상상하기에 어려웠다. 그런데 지금은 회사에서 직원들의 기술교육 담당자로서 강의도 하고 부동산 재테크 분야로도 수십 명 앞에서 스터디를 진행하고 있다. 해외 발주처 앞에서 프레젠테이션할 때도 떨리는 마음보다 어떻게 하면 효과적으로 메시지를 전달할 수 있을지 생각하는 여유도 가지게 되었다. 학창 시절 남들 앞에 나서는 것이 두려웠던 것을 생각하면 엄청난 변화이다.

소심했던 아이가 어떻게 남들 앞에서도 떨지 않고 자기주장을 펼칠 수 있게 되었을까?

그 시작점은 대학교에서의 밴드부 동아리 활동으로 기억한다. 학창 시절, 본 성향 그대로 혼자 음악 듣기를 좋아하던 아이였다. 그런데 혼자 듣던 음악을 언젠가 직접 해보고 싶다는 생각을 가지게 된 것이 변화의 시작점이었다. 생각하면 음악을 좋아한다는 것 말고는 악기연주를 할 수 있는 게 없었는데 어떤 생각으로 밴드부에 들어가려 했는지 신기할 정도이다.

처음에는 음악을 조금 더 깊이 배울 수 있을 거란 생각에 즐거웠었다. 그런데 밴드부를 하려면 사람들 앞에 서야 한다는 걸 생각하지 못했다. 얼떨결에 시작했지만, 무대에 서는 것을 피할 수는 없었다. 당연하게도 첫 연습 때는 앞을 제대로 쳐다보지 못했다. 가사와 음정, 박자를 놓치지 않기 위해 마음이 급했고 혼자서 흥얼거리는 수준에서 마무리되었다.

그런데 엉망이었던 첫 연습이 지금도 생생히 떠오를 만큼 행복한 경험으로 남아있다. 그 뒤로 더 잘해보고 싶다는 욕심이 생겼고 친구들과 밤새 연습하는 시간이 늘어났다. 그 시간이 즐거웠고 무대에서 공연하는 기회도 조금씩 생겨났다. 학교 축제 예선에선 떨어졌지만, 대회에도 참가해 보면서 경험이 조금씩 쌓여갔다. 무대 경험이 늘어나면서 노래에도 자신감이 생기기 시작했고 공연 중 사람들의 반응도 살피며 호응을 끌어내는 여유도 생겼다. 이렇게 사람들 앞에 서는 경험들이 늘어나고 있었다.

재능없다고 생각했던 분야에 자신감을 가질 수 있게 해준 것은 결국 반복적인 연습이었다. 그 시작은 내가 밴드부에 들어간 것처럼 해보고 싶다는 작은 호기심과 흥미로 출발한다. 재미있어서 꾸준히 하다 보면 더 깊게 몰입하게 되고 즐기게 되는 순간이 생긴다. 그리고 경험과 연습량이 쌓이면서 실력이 부쩍 늘어나게 된다. 소심했던 나도 오랫동안 연습한 노래만큼은 남들 앞에서 자신 있게 부를 수 있었다. 그 노래를 음정과 박자는 물론이고 노래의 맛을 살려주는 강약과 맺고 끊는 부분까지 세세하게 연습했기 때문이었다. 자신감의 근원은 결국 스스로 갈고닦은 실력을 기반으로 한다.

이번 올림픽에 출전한 17세 반효진 선수도 '나도 부족하지만 남도 별거 아니다'라는 생각으로 금메달을 딸 수 있었다고 했다. 돌이켜 보면 어렸을 때 사람들 앞에 나서는 게 부끄러웠던 것은 자신감이 없어서였다. 틀릴지 모른다는 불안감과 다른 사람들이 나를 어떻게 바라볼까는 생각이 자신을 더 작게 만들었다.

비판을 받는 상황을 미리 상상하지 말자. 관심을 받는 것 자체가 어렵기 때문에 미리 걱정할 필요는 없다. 오히려 내가 하고자 하는 일에 관대한 마음으로 받아들여 주실 분들이 많다고 믿어보자. 대신 내가 메시지를 전달하고 싶은 분들과 신뢰 관계를 꾸준히 만들어 두는 것이 좋다. 카페나 블로그, SNS 등을 통해 나의 메시지를 꾸준하게 알리고 나와 함께 하는 분들에게 평소에 마음을 다해보자. 그러면 이분들이 남들 앞에 나서게 되었을 때 나에게 응원과 박수를 가장 먼저 주실 것이다.

주변을 살펴보면 새롭게 도전하는 분야에서 멋진 롤모델을 보며 좌절하시는 사람들이 있다. 롤모델과 똑같은 사람이 될 수는 없다는 걸 받아들여야 한다. 나도 음악을 좋아했지만, 동경하는 가수처럼 될 수는 없었다. 새로운 분야를 시작하면 자연스레 그 분야의 롤모델을 선망의 시선으로 바라볼 수 있다. 하지만 이미 경력과 실력을 쌓은 롤모델과의 차이를 한 번에 극복하기는 어렵다. 대신 내 특징을 살려 새로운 색깔을 만드는 데 집중하면 좋을 것 같다. 같은 노래라도 다른 가수가 부르면 다른 느낌이 들 듯이 같은 말이라도 나만의 경험과 노하우가 담기면 나만의 장르가 된다.

남들이 모두 알고 있다고 생각하거나, 이 정도는 다들 할 수 있다고 넘겨짚지 말자. 쉽다고 생각되는 일은 단순해서가 아니라 내가 전문가라서 쉽다고 느낄 수 있다. 실제로는 다른 사람들에게는 새롭고 신기한 분야다. 회사에서도 내게는 익숙한 일이지만 타인에게는 어렵고 낯선 일인 경우가 많다. 나도 회사에서 18년 동안 하면서 기초라고 느꼈던 똑같은 질문을 타 부서로부터 매년 받고 있다. 남들이 어렵게 생각하는 걸 쉽고 당연하다고 생각하는 이유는 나에게 익숙한 것이기 때문이다. 나에겐 당연하지만, 타인에게는 그렇지 않을 수 있다. 자신감을 느끼자.

마지막으로, 몰입하려면 주변 환경도 중요하다. 나도 좋아하는 음악을 친구들과 함께해서 더 든든하고 즐거웠다. 또, 선배들이 어려운 부분을 가르쳐주고 이끌어 주니 좌충우돌하는 경우를 줄일 수 있었다. 거기에 우리들의 공연을 좋아해 주고 응원하는 사람과 함께해서 하루 종일 연습과 공연에 집중할 수 있었다. 이처럼 당시 주변에 모든 상황이 나를 몰입할 수 있게 지지해 주고 있었다. 몰입하려면 주변 환경 모두가 나를 응원할 수 있는 곳에 오랫동안 머물게 하자. 오래지 않아 내가 하는 일과 하나가 돼 있는 자신을 발견하게 될 것이다.

나는 음악을 통해 자신감을 가질 수 있었고 사람들 앞에 나서는 것에 대한 두려움을 극복할 수 있었다. 그리고 몰입이라는 즐거움과 성취감, 그 분야에 대한 자부심도 가질 수 있었다. 어떤 분야가 되었든 좋아하는 일이라면 얼마든지 나만의 분야로 만들 수 있다. 이 글을 읽고 있는 분들도 좋아하는 일에서 '나'라는 새로운 장르를 만들면 좋겠다.

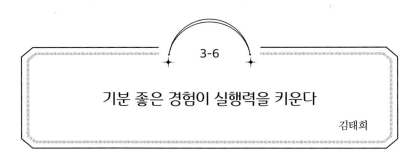

기분 좋은 경험이 실행력을 키운다

김태희

학창 시절에 론다 번이 쓴 《더 시크릿》이란 책에서 끌어당김의 법칙을 처음 접했다. 그때는 그냥 신기하다고 생각하고는 넘겼다. 솔직히 책의 내용이 좀 허무맹랑하게 느껴졌다. 그러다 끌어당김을 다르게 설명하는 유튜버 하와이 대저택의 《더 마인드》란 책을 읽었다. 생각만 하면 된다는 말이 아니었다. 목표를 정하면 그걸 이루기 위해 세부 목표를 세우고, 그것을 이루기 위해 노력하라고 했다. 벤저민 하디의 《퓨처 셀프》에서도 미래의 나에 대해 자신이 원하고 기대하는 모습을 찾고, 목적의식을 가지면 동기가 부여된다고 했다. 오늘 할 일을 미뤄도 어차피 내일의 내가 해야 한다. 오늘을 대충 살면 미래의 나에게 문제를 떠넘기는 것이다.

책 이름이 계속 나와서 짐작했겠지만, 나의 취미는 독서이다. 처음부터 독서가 취미가 아니었다. 어릴 때는 엄마와 언니가 읽어주었고, 학교 다닐 때는 독후감 숙제 때문에 읽었다. 고등학교 때는 수능 때문에 요약본으로 된 평설을 주로 읽었다. 선생님이던 엄마는 수업 시간에 학생들이 책을 보면 압수해서 집에 며칠간 보관하셨다. 소설과 만화책이 있으면 꺼내 읽었다. 성인이 된 이후로는 토익 책은 봤어도 문학은 안 읽었다. 책보다 흥미진진하고 중독적인 놀이가 많았다.

독서와 다시 친해진 것은 역시 부동산 공부를 시작하면서이다. 월급쟁이 부자들 카페의 강의 중에 '열반 스쿨 중급반'에서는 독서의 중요성을 강조했다. 필수로 일주일에 1권을 읽어야 했고, 권장은 2권이었다. 전체 추천 도서로 배포된 20여 권을 한 달 동안 다 읽는 사람들도 많았다. 독서가 마인드를 다잡아준다는 취지였다. 그런 환경에서 어쩔 수 없이 독서를 시작했다. 버스나 지하철에서 이동 중에 책을 읽었다. 앉을 자리가 없을 때는 해당 도서를 소개하는 유튜브 영상을 들었다. 그 책을 추천하는 사람의 의견을 들으니, 흥미가 생겼다. 조별 모임에서도 같은 책을 읽고 이야기를 나누는데 사람마다 와닿는 부분도 달랐다. 혹여 같은 부분이어도 각자 처한 상황에 따라 해석이 달랐다. 책에서 찾은 적용할 점도 다르다는 것을 알게 되었다.

읽었던 책이 필수 도서 중에 있어 재독하는 일도 생겼다. 같은 사람이 읽는 것인데도 상황이 달라지니 인상 깊은 구절도 달라졌다. 실행력이 필요할 때는 그 부분에 인덱스를 붙이게 되고, 마음이 힘들 때는 다독여 주거나 다른 방식으로 생각하게 만드는 구절에 밑줄을 긋게 됐다. 그런 경험을 하게 되면서 독서가 재미있어졌다.

독서가 최애가 된 건 가족 여행 덕이었다. 이미 독서가 재미있어진 나는 여행 중에 읽으려고 책 두 권을 챙겼다. 어린 조카가 있어 빡빡하게 일정을 짜는 대신 유동적인 일정이었다. 여유 시간에 책을 꺼내 들고 콘도 거실에 앉았다. 내가 책을 손에 쥔 걸 보더니 언니도 가져온 책을 꺼내 거실로 왔다. 엄마는 내 책 중에 하나를 집어 드셨다. 우리는 차 한잔을 옆에 두고 가만히 책과 함께했다. 거실 창으로 살랑살랑 시원한 바람이 불고, 서울을 떠나와서 그런지 공기마저 상쾌했다. 멀리서 바다 내음이 났다. 방 쪽 창에서 나무가 흔들리며 잎사귀가 서로 부딪혀 나는 사르륵 소리와 이른 아침부터 운전하느라 고단했던 형부의 그르렁 소리가 배경음이 되어 주었다. 어린 조카도 조용히 언니 옆에서 책을 가만 들여다보며 앉아있었다.

책을 읽다가 다음 페이지를 넘기며 순간 고개를 들었는데 너무 행복했다. 마음 깊숙한 곳에서부터 느껴지는 평온도 좋았지만, 이 순간을 사랑하는 가족과 함께하다니! 순간 나도 모르게 소리를 내어 입 밖으로 한마디가 터져 나왔다.

"행복하다."

살면서 이렇게 온 맘으로 순수하게 행복하다고 할 수 있는 기억은 몇 개 없다. 그중에서도 나는 그 가족 여행을 아직도 최고로 꼽는다.

마음이 요동칠 때 책을 읽다 보면 어느 순간 나도 모르게 마음이 편안해진다. 해결책이 필요할 때는 책을 읽다가 힌트를 얻기도 한다. 별일 없는 날에는 독서로 마인드 세팅을 다잡거나 마음을 울리는 문구에 눈물을 흘리기도 한다. 별 탈 없이 살고 있음을 감사하단 생각이 들게 해준다. 종이 책장을 넘길 때 들리는 사락사락 소리마저 힐링이다.

일단 접근이 쉽고, 관심이 조금이라도 있던 것을 해보자. 나는 독서를 권한다. 접근이 쉽기 때문이다. 책은 인터넷으로 쉽게 구매할 수도 있고, 책을 들고 다니기가 무겁게 느껴진다면 '윌라'나 '밀리의 서재' 같은 앱에 접속하기만 하면 된다. 물론 꼭 독서가 아니어도 좋다. 아침이나 해 질 녘 자연과 함께하는 러닝이나 크라이밍 같은 운동도 좋다. 한번 해보고 괜찮으면 거기에 행복한 기억을 얹자. 그러면 계속하게 된다. 지속하다 보면 가볍게 시작했던 것도 특기가 된다. 어렵게 생각할 필요가 하나도 없다.

나는 잠에서 깨어나는 것이 좋다. 새로운 날이 찾아왔다는 뻔한

말은 아니다. 나에게 독서는 행복한 시간과 연결되어 있다. 가족 여행 덕분이다. 아침에 일어나 떠오르는 생각을 오 분에서 십 분 정도 끄적이고 독서를 시작한다. 책의 장르는 상관없다. 그저 그날 갑자기 읽고 싶은 새로운 책을 꺼내거나 어제 읽던 책을 이어서 읽는다. 한 권을 완독하고 다음 책으로 넘어가야 한다는 규칙은 존재하지 않는다. 나도 지금 동시에 읽고 있는 책이 4권이다. 연인과 데이트하고 있을 때나 학창 시절의 쉬는 시간이 짧게 느껴지는 것처럼, 독서하는 시간은 짧게 느껴진다. 나에게 독서는 편안함을 주고, 편안한 미소와 함께 책 표지를 덮게 한다.

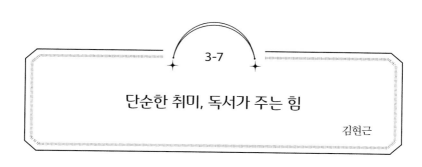

단순한 취미, 독서가 주는 힘

김현근

　지금 내가 이렇게 글을 쓰고 있는 것은, 독서라는 취미 덕분이다. 본격적으로 독서를 시작한 것은 공인중개사 자격증을 취득한 직후부터로, 이제 7년 정도가 되었다. 처음에는 독서량을 정해놓지 않았다. 직장인으로서 독서에 할애할 수 있는 시간이 많지 않았기 때문에, 매일 독서를 한다는 것만으로도 나에게는 충분한 목표였다. 책을 빨리 읽는 것보다 중요한 건 꾸준히 읽는 것이었다. 그래서 당장 관심 있는 책을 골라 완독하는 것에만 초점을 맞추었다. 바쁜 일정 속에서도 책을 들고 다니며 시간이 날 때마다 한 페이지, 두 페이지씩 읽었다. 읽는 양이 중요한 게 아니라 읽는 '행위' 그 자체가 습관으로 자리 잡게 하는 것이 중요했다.

　독서 습관을 꾸준히 유지하다 보니 어느새 한 달에 한 권 이상의 책을 읽게 되었고, 점차 독서의 즐거움이 커졌다. 처음에는 매일 책을 읽는 것이 힘들었지만, 하루 한 페이지라도 읽으면 성취감이 생겼다. 때로는 책을 펼치기조차 어려운 날도 있었지만, 그럴 때조차 책을 가까이 두고자 했다. 그렇게 천천히 시작된 독서는 나의 삶을 조금씩 변화시키기 시작했다.

책을 선택하는 과정은 어렵지 않았다. 당시 나는 공인중개사 자격증을 취득한 후였기 때문에, 자연스럽게 부동산 관련 책들이 주된 관심사였다. 특히 부동산 경매에 관심이 많았고, 인터넷으로 관련 서적들을 검색하며 읽을 책을 고르곤 했다. 그러나 너무 많은 책 속에서 무엇을 읽어야 할지 혼란스러웠다. 고민 끝에 직접 서점을 방문하기로 했다. 서점에서 경매 관련 책들을 한 권씩 훑어보며 살펴보던 중, 눈에 띄는 책들이 있었다. 그중에서도 많은 사람에게 검증된 《송사무장의 부동산 경매의 기술》이라는 책을 선택하게 되었다.

이 책을 읽기 시작하면서, 경매라는 분야에 대한 이해가 조금씩 넓어졌다. 하지만 처음부터 경매에 대한 모든 것을 알 수는 없었다. 생소한 용어와 절차가 많아 책을 읽는 속도는 매우 느렸다. 법적인 내용과 실제 경매 과정이 얽혀 있어, 머리로는 이해해도 마음속에서는 여전히 두려움이 남았다. 하지만, 이 두려움이 오히려 나를 자극했다. 한 권의 책으로 모든 것을 해결할 수 없다는 생각이 들어,

더 많은 경매 관련 서적들을 찾아 읽기 시작했다. 그러다 보니 경매 용어가 익숙해지고, 절차를 이해하게 되면서 책을 읽는 속도도 점차 빨라졌다. 처음에는 한 달에 한 권 정도의 속도였지만, 시간이 지나면서 두 배 속도로 책을 읽을 수 있게 되었다.

독서 속도가 빨라지는 것도 좋았지만, 무엇보다 중요한 것은 책을 읽는 과정에서 얻은 지식과 자신감이었다. 한 분야에 대해 여러 권의 책을 읽다 보니, 처음 느꼈던 막연한 두려움이 점차 사라지고 실질적인 지식이 쌓여갔다. 경매라는 하나의 관심사에서 출발했지만, 독서는 나를 더 넓은 세상으로 이끌었다.

독서를 통해 얻게 된 지식은 내가 생각하는 것보다 훨씬 많은 가능성을 열어주었다. 처음에는 경매에 관심이 있었지만, 경매 서적을 읽다 보니 자연스럽게 부동산 투자 전반으로 관심이 확장되었다. 경매 외에도 다양한 부동산 투자 전략과 시장 흐름을 알게 되었고, 그 과정에서 부룡 신현강의 《부동산 투자가 이렇게 쉬웠어?》라는 책을 통해 새로운 시각을 가지게 되었다. 이 책은 부동산 경매뿐만 아니라 정부 정책, 수요와 공급에 따른 투자 시기 등을 다루며, 나에게 더 넓은 투자 관점을 열어주었다.

이후 나는 부룡 신현강 저자님의 '부지런 카페'에 가입해 '독기 스터디'에도 참여하게 되었다. '독기 스터디'는 독서 모임과 부동산 기사 분석 모임이 결합한 형태의 모임으로, 단순히 책을 읽고 끝내는 것이 아니라, 읽은 내용을 바탕으로 토론하고 현실에 적용하는 활동을 함께 했다. 이러한 경험은 내가 더 넓은 시각을 갖게 하는 데 큰 역할을 했다. 처음엔 부동산 투자에서 시작된 독서였지만, 점차 주식 투자, 경제 전반으로 확장되었다.

그 과정에서 읽은 책 중 하나가 김종봉, 제갈 현열 저자의 《돈 공부는 처음이라》라는 책이다. 이 책은 주식 투자의 기본적인 개념을 설명하며, 자산 관리와 투자 수익을 극대화하는 방법을 제시했다. 이 책을 통해 부동산뿐만 아니라 다양한 자산 관리 방법에 관심이 생겼고, 주식, 채권 등 다른 투자 분야에도 자연스럽게 발을 들이게 되었다.

독서를 통해 얻게 된 지식과 경험은 생각보다 많은 기회를 가져 다주었다. 단순히 책을 읽고 끝나는 것이 아니라, 내가 읽은 내용을 기록하고 공유하면서 더 많은 사람과 지식을 나눌 수 있었다. 처음에는 단순히 책의 중요한 내용을 블로그에 기록하기 시작했다. 하지만 점차 독서 기록을 통해 내 생각과 경험을 정리하고, 그것을 다른 사람들과 나누면서 나만의 독서 노트를 만들어 갔다.

처음에는 모든 내용을 꼼꼼히 기록하려다 보니 시간이 너무 많이 걸렸다. 그래서 책을 읽으며 중요한 부분을 사진으로 찍고, 나중에 그 내용을 요약하는 방식으로 바꾸었다. 이렇게 간단하게 기록하는 방식은 나에게 더 많은 독서의 기회를 주었고, 책을 읽고 기록하는 부담을 덜어주었다. 블로그에 서평을 쓰면서 나는 점차 더 많은 도서 협찬을 받을 수 있게 되었고, 책을 통해 더 넓은 세상을 경험할 수 있었다.

도서 협찬을 받기까지는 많은 시간이 필요하지 않았다. 초보 블로거로서 협찬을 받기는 어려웠지만, 관련된 글을 꾸준히 쓰면서 기회를 만들었다. 특히 도서 협찬 사이트인 '펍스테이션'을 통해 다양한 출판사로부터 책을 받았고, 내가 읽고 싶은 분야의 책들을 쉽게 접할 수 있었다. 지금은 출판사로부터 직접 협찬 제안을 받는 경우도 많아졌다. 이렇게 책을 읽고 기록하는 과정에서, 독서는 단순한 취미가 아닌 나의 지식 기반을 확장하고 더 많은 기회를 만들어주는 중요한 도구가 되었다.

독서를 시작한 지 몇 년이 지나면서, 나는 단순히 책을 읽는 소비자의 관점에서 창작자의 관점으로 변해가고 있다. 처음엔 책을 읽고 지식을 쌓는 데서 만족했지만, 이제는 그 지식을 바탕으로 나만의 글을 쓰고, 새로운 콘텐츠를 만들어 가고 있다. 독서를 통해 얻게 된 다양한 관심사는 내 삶의 폭을 넓혀주었고, 부동산 공부에서 출발한 독서는 경제, 인문학, 자기 계발, 심리학, 교육 등 다양한 분야로 확장되었다. 심지어 사주와 타로 같은 새로운 분야에도 관심을 가지게 되면서, 사람들과의 상담 기회도 생겼다. 독서는 나에게 끊임없는 배움의 기회를 주었고, 그 과정에서 내가 몰랐던 나의 잠재력을 발견할 수 있었다.

독서는 내게 새로운 세상을 열어주었다. 책을 읽는 것만으로도 나는 성장했고, 그 과정에서 나의 삶은 큰 변화를 맞이했다. 독서 습관은 작은 시작일지 몰라도, 그것이 주는 힘은 놀랍다. 단순히 한 권의 책을 읽는 것만으로도 인생의 방향이 달라질 수 있다. 관심 있는 분야의 책 한 권이면 충분하다. 만약 어떤 책을 읽어야 할지 모르겠다면, 서점에서 베스트셀러를 골라보는 것도 좋은 방법이다. 많은 사람에게 사랑받은 책은 그만큼 읽을 가치가 충분하다. 책 한 권이 당신의 인생을 바꿀 수 있다. 그 시작은 아주 단순하지만, 그 변화는 상상 이상으로 클 것이다.

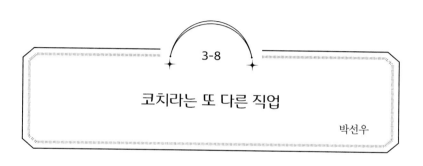

코치라는 또 다른 직업

박선우

아니타 무르자니의 《두려움 없이, 당신 자신이 되세요》에서 "타인의 생각과 감정, 에너지를 잘 느끼고 흡수하는 매우 민감한 사람, 즉 엠패스일 가능성이 높다."라는 내용을 보고 엠패스(초 민감자) 테스트를 한 적이 있다. 예상대로 결과는 최고점이 나왔다. 주변 사람들에게 "너는 너무 예민해"라는 말을 자주 들어서 인지 내가 민감하다는 사실을 당연하게 받아들였다. 그런 표현이 긍정적 의미로는 들리지 않았다. 민감함은 나에게 단점으로 여겨졌고, 타인에게 불편함을 준다고 생각했다.

어느 날 독서 모임에서 알게 된 분이 이런 말을 해주었다. "민감한 건 단점이 아니에요. 민감하므로 타인의 감정을 잘 알아주고, 필요할 때 적절한 도움도 줄 수 있잖아요." 그때부터 민감함을 단점이 아닌 장점으로 받아들이게 되었다. 사실, '엠패스(Empath)'라는 단어를 찾아보면 '공감 능력이 뛰어난 사람'이라는 뜻이 있다. 민감함이 타인을 향한 이해와 공감으로 연결된다는 것을 새롭게 알게 되었다.

회사 업무에서 민감함이 장점으로 발휘되었던 순간이 있었다. 회사에서 신입사원을 채용하고 수습 기간이 끝날 때쯤, 업무에 적합한지 평가하게 된다. 자신이 맡은 업무에 잘 적응하고 성과를 내는 직원도 있지만, 업무처리에 실수가 잦고 어려움을 겪는 직원도 있다. 그런 직원들을 단편적으로 평가하지 않으려고 했다. 먼저 업무 처리 방법을 정확하게 배우고 숙지하고 있는지부터 확인한다. 평가가 끝나면, 개별 면담을 통해 개인의 강점이나 자원을 찾을 수 있도록 도와주는 역할을 했다. 스스로 퇴사를 고민했던 직원이 있었다. 면담 후에 자신이 잘할 수 있는 업무를 맡게 되면서, 그 직원은 능력을 인정받게 되었다.

책을 좋아해서 독서를 꾸준하게 하고 있다. 좋은 문구를 발견하면 작은 종이에 적어두곤 했다. 손 글씨를 써 본 게 너무 오래전이라 글씨체가 엉망이었다. 내가 쓴 글씨를 알아볼 수 없는 경우도 많았다. 그러다 우연히 캘리그라피 강의를 하는 블로거의 수업 공지를 보게 되었다. 손 글씨를 교정하고 싶다는 생각에 바로 신청했다.

온라인과 오프라인을 병행하는 방식으로 수업이 진행되었다. 캘리그라피 수업을 통해 다양한 분들과 교류하고 만났다. 대부분 자기 계발이나 책에 관심이 많았다. 서로에게 도움이 될 만한 것이 있으면 아낌없이 나누었다. 오프라인 수업에서 고민을 이야기하는 분이 계셨는데, 전날 책에서 보았던 내용이 도움이 될 것 같아 직접 읽어주었다. 책 내용도 좋았지만 목소리로 전달해 주니 마음으로 와닿았다고 했다. 상담과 관련된 일이 잘 맞을 것 같다며 조언도 해주었다.

최근 읽었던 책에서 코치라는 직업을 보았던 게 생각났다. 코치가 하는 일이 궁금해서 검색도 해보고, 세계적으로 유명한 코치들도 찾아보았다. 《5초의 법칙》의 저자 멜 로빈스도 라이프 코치이다. 성공한 사람들에게는 코치가 있었다는 것도 알게 되었다. 우리나라에도 코치 자격을 부여하는 인증기관이 있었다. (사)한국코치협회라는 곳에서 인증 심사를 진행하고 있다. 마침 지인이 코칭 교육 프로그램을 소개해 주어, 코칭이라는 분야에 쉽게 첫발을 내디딜 수 있었다.

명상과 사색, 스스로 질문하고 답을 찾는 것에 익숙해서 코칭은 낯선 분야가 아니었다. 내가 가진 강점과 삶의 방식이 새로운 일을 시작하는 데에 있어서 큰 자원이 되었다. 한국코치협회의 인증 코치가 되기 위해 단계별 시험을 거쳐야만 했다. 일정 기한 동안 교육을 이수하고 정해진 실습 시간을 채워야 시험 응시가 가능하다. 퇴근 후 코칭 교육을 들으며 실습을 병행하는 바쁜 생활을 시작했다. 회사에서는 업무에만 집중하고, 퇴근 후에는 코치로서의 삶을 살았다. 6개월 동안 나는 두 개의 직업을 가진 사람처럼 코치 인증 시험에 매진하며, 새로운 도전을 이어갔다.

　코치 자격시험을 준비하면서 먼저, 평가 규정과 일정에 맞춰 필요한 리스트를 정리했다. 특히 정해진 실습 시간을 백 퍼센트 채워야 했다. 실습 시간이 채워져야 시험 자격이 주어진다. 주간별 실습 시간의 목표를 정했다. 회사에 다니면서 매일 정해진 시간에 실습하는 건 무리가 있었다. 평일에 계획한 대로 실습을 못 하면 주말에 시간을 늘려 가면서 유동적으로 진행했다. 그다음에는 시험 결과에 주목했다. 계획한 대로 시험을 준비하고 합격하는 순간을 생각했다. 합격자 발표일에 명단에서 내 이름을 발견하는 상상만으로도 기분이 좋았다.

　서류심사와 필기시험 합격 후 실기시험을 일주일 앞두고, 예상하지 못했던 일들이 발생했다. 회사에서 기한 내에 자료를 제출해야 하는 상황이 계속 발생하면서, 시간이 부족하다는 압박감이 밀려오기 시작했다. 그때 이 상황에서 내가 할 수 있는 최상의 방법을 생각했다. 가장 먼저 시험을 끝내고 진행해도 무관한 일들을 찾아보았다. 우선순위를 정하고 불필요하게 사용하고 있는 시간, 이동하는 시간, 자투리 시간을 찾아서 활용했다. 교재 내용을 녹음해서 출퇴근하는 차 안에서 들었다. 책상에 앉아서 공부해야 하는 시간을 출퇴근 시간으로 대체해서 사용한 것이다. 새벽 시간에 일어나 실기시험을 준비했다. 수면시간을 줄이되 건강에 지장이 없도록 관리하며, 시험을 준비했다. 결국 최종 합격이라는 목표를 이루었고, (사)한국코치협회 인증 코치 KPC(Korea Professional Coach) 자격을 취득하였다.

시험이 끝난 후, 모든 과정을 후회 없이 도전했다는 사실에 만족감을 느꼈다. 날아갈 듯 홀가분한 마음이 들었다. 그 기분을 담아 석 달 만에 마신 맥주 맛을 잊을 수가 없다. 예상하지 못한 상황으로 인해 시험을 포기하려고 했던 순간들이 떠올랐다. 목표가 정해져 있었기에 중간에 포기하지 않고, 끝까지 해낼 수 있었다.

코치로서 자신이 원하는 삶을 살고 싶어 하는 고객들을 만나고 있다. 코칭은 고객에게 방법을 알려주는 것이 아니다. 고객 자신이 가진 강점과 자원을 스스로 찾고 잘 활용해서, 목표 지점까지 갈 수 있도록 동행하는 것이다. 고객의 성장을 보면서, 회사 업무가 아닌 다른 분야에서, 또 다른 성취감과 보람을 느끼고 있다. 다양한 사람들을 만나면서 새롭게 관계를 형성하고, 내가 가진 강점들을 더 깊이 발견하는 계기가 되었다. 자신이 잘하는 것, 원하는 것을 찾게 되면 새로운 분야에 도전이 가능해진다.

매일 밤 열 시의 설렘, 성공 일기를 쓰다

이보미

요즘 성공 일기 쓰기에 푹 빠졌다. 매일 밤 열 시에 성공 일기를 쓰는 시간이 하루 중 가장 기다려진다. 처음에 간단한 하루의 기록이 이제는 내 취미이자 특기가 되었다. 성공 일기란 목표를 설정하고 그 목표를 위해 행동하고 있는지 확인하는 것이다. 매일 아침 올해의 목표를 확인한다. 예를 들어서 나는 매달 월 수익 천만 원 원장, 공저 한 권, 개인 저서 한 권 출간 작가가 되는 것이 올해 목표이다. 하루 동안 목표와 관련된 독서, 운동, 명상, SNS 인증 등 활동을 한다. 매일 밤 열 시, 오늘 하루 동안 목표를 이루기 위해 어떻게 행동했는가를 점검하는 시간이 성공 일기를 쓰는 시간이다. 오늘 있었던 멋진 일을 한 문장으로 표현하기도 한다. 오늘 일어났던 일을 위해 미래에 긍정적으로 연결할 수 있는 피드 포워드를 쓰기도 한다.

작년 한 해, 인생의 길을 잃었다. 친구들 고민이 있을 때마다 영차 영차 힘내라며 비타민 역할을 자청하던 나였다. 이십, 삼십 대는 당장 결과물이 없어도 행복했다. 언젠가 목표를 이룬 모습을 상상하며 열심히 살 수 있는 힘이 있었다. 때로는 실패했어도 좌절하지 않았다. 목표가 분명 했기에 당장 실패는 아무것도 아니었다. 오히려 힘들 때마다 '도전'을 외치며 끊임없이 행군했다.

사십 대가 되니 고민이 시작되었다. '내 인생은 왜 맨날 열심히 살아도 제 자리일까?' 마치 헬스장의 계단 오르기 기구 같았다. 열심히 계단 오르기하고 있는데 계속 제자리이다. 등산했다. 바위를 헤치고 올라갔다 내려갔다 반복한다. 정상에 올랐지만 기쁘지 않았다. 등산하는 동안 올라갔지만 결국 내려가야 하는 일만 생각났다. '지금처럼 열심히 살아도 계속 제자리이면 어쩌지? 앞으로 내 인생이 계속 헬스장에서 계단 오르기를 하는 것과 같으면 어쩌지?' 잘해보겠다는 다짐보다 걱정과 불안만 늘어갔다. 꼬리에 꼬리를 무는 부정적인 생각들이 떠올랐다. 하기도 전에 무기력한 상태였다.

더 이상 열심히 살지 않기로 했다. 필라테스 운동을 하러 갔다. 둥그렇게 솟아오른 필라테스 기구에 궁둥이를 붙인다. "배에 힘을 주고 팔과 다리를 브이 모양으로 합니다. 핵심 근육에 힘을 주고 버텨주세요." 필라테스 강사님이 하나, 둘, 셋, 넷, 열을 센다. 나는 일곱까지 했다. 예전 같았으면 있는 힘을 다해 반드시 여덟, 아홉을

버텼다. 그리고 열을 채우고 '휴, 해냈다.'라며 자신을 칭찬했다. 이젠 열 번을 채우지 않기로 했다.

서대문에 있는 안산 자락길을 갔다. 서울 도심 속에서 평평한 데 크길과 흙길을 번갈아 걷는다. 한 시간 삼십 분이면 쭉 뻗은 메타세 쿼이아 나무숲 속을 걸으며 딱따구리 소리를 들을 수 있다. 걷다가 살짝 숨이 차오른다. 한 바퀴를 다 돌지 않고 연희동 서대문 박물관 뒷길로 내려왔다. 힘든데 악착같이 버텨서 도착 지점에 다다르고 싶 지 않았다. '열심히 해도 매번 같은 자리인걸.' 더 이상 열심히 하고 싶지 않았다.

작년 시월부터 성공 일기를 쓰기 시작했다. 마음이 어지러워 더 이상 혼자 버티기가 힘들었다. 평단 지기 독서 모임에 가입했다. 혼 자 하면 중간에 포기할 것이 뻔하다. 매일 아침 회원들과 그날 목 표를 공유하고 밤 열 시에 성공 일기를 쓴다. 처음에는 성공 일기 를 어떻게 써야 할지 몰랐다. 매일 하는 행동 습관은 내면 소통, 감 사 일기, 행복 기원하기, 틈새 운동 등 총 열 한가지인데 걷기 이외 에 체크할 습관이 없었다. 오늘 하루 멋진 일을 쓰라는 질문에 안 좋았던 일들을 적었다. 멋진 일이 생각나지 않아서였다. 작년 가을 성공 일기에 멋진 일을 쓰라는 질문에 불안, 우울, 두려움이라는 단 어가 더 많이 들어갔다. 오늘의 피드 포워드를 쓰라는 질문에도 오 늘 안 좋은 일들에 대한 반성을 썼다. 나중에 안 얘기지만 피드백은 경험에 대해 반성하는 것이고 피드 포워드는 그 경험을 미래와 어떻게 연결할 것인지 미래에 긍정적인 감정을 갖게 하는 것이었다.

성공 일기를 쓰는 기술이 늘어나면서 재미있어지기 시작했다. 오늘의 멋진 일은 시작은 부정적이어도 끝은 긍정적으로 썼다. 예를 들어 올해 일월 빙판에 미끄러져 허리를 다친 일이 있었다. 오히려 그동안 허리가 좋아서 아침마다 산책하러 다녔던 일이 감사한 일이었다고 썼다. 매일 하는 행동 습관도 다양해졌다. 독서, 운동 이외에 명상, 블로그 포스팅 등 행동 습관을 확장해 나갔다. 컴퓨터를 쓰다가 눈이 피로해지면 눈을 감는다. 일 분간 명상한다. 들숨과 날숨 호흡법에 집중한다. SNS에 독서 기록과 영어 교육 관련된 글을 매일 올리며 사람들 질문에 댓글을 달아준다. 가끔 십 초 동안 내 주변 인물 2명이 행복해지기를 기원한다. 작년 가을에는 불안, 우울 등 부정적인 문장들이 많았다. 내용도 내 일에서 벗어나지를 못했다. 지금은 주제가 부모님, 일, 사회까지 관심 영역이 넓혀졌다. 그리고 내 미래와 연결하여 긍정적인 문장들이 많아졌다.

성공 일기를 쓴 지 일 년째 많은 변화가 일어났다. 첫째, 공저 책을 출판한 작가가 되었다. 언젠가는 영어 교육 분야의 경험을 사람들에게 나눠 주기 위해 작가가 되어야겠다는 생각은 했다. 하지만 5년 후를 바라본 일이었다. 성공 일기를 쓰고 6개월 안에 책이 출간되었다. 작년 가을에는 생각지도 못한 일이었다. 둘째, 작년 한 해 부정적이고 불안했던 마음이 다시 긍정적인 마음으로 바뀌었다. 작년에 감사 일기를 쓸 때는 하루에 두 문장을 넘지 못했다. 마음이 즐겁지 않으니, 상황도 다 부정적으로 받아들였다. 얼마 전 십 개월 만에 감사 일기를 써 보았다. 이십 문장을 넘게 썼다. 아침에 햇빛을 받으며 산책하고 오후에 가르칠 수 있는 아이들이 있어 감사했다. 병원에 가는 대신 헬스장에 가서 감사하고, 책을 읽을 수 있는 시간이 주어져서 감사했다. 셋째, 나는 과거가 아닌 미래가 기다려지는 사람이 되었다. 예전에는 과거의 안 좋았던 경험을 곱씹던 습관이 있었다. 성공 일기를 쓰면서 오늘 내가 즐거웠던 일을 생각해 본다. 보완해야 할 부분도 생각해 본다. 그리고 내 미래를 위해 어떻게 연결할 수 있는지를 고민해 본다.

오늘 하루 성공하니 내일이 기다려진다. 10년 후, 30년 후는 더 기다려진다. 매일 성공 일기를 쓰는 것은 나의 취미이자 특기가 되었다. 세계적인 자산가이자 동기부여 전문가 토니 로빈스는 그의 저서 《무한능력》에서 "내게 성공이란 더 나은 사람이 되기 위해 지속해서 노력하는 과정이다."라고 했다. 매일 매일 작은 기록들이 내 삶을 더 긍정적이고 활기차게 만들고 있다. 이것이 매일 성공 일기를 쓰는 시간, 밤 10시가 기다려지는 이유이다.

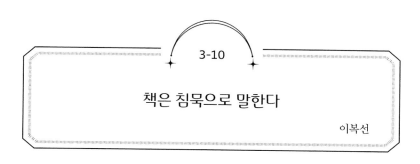

책은 침묵으로 말한다

이복선

얼마 전 휴직을 끝내고 복직했다. 다시 나를 기다리는 현장(?)으로 출근했다. 늘 공사 중, 시위 중의 환경에서 새롭게 변신한 주변 환경을 발견한다. 근무지는 또 다른 세계로 다가왔다. 발령은 받았지만, 너무도 낯설다. 사람들도, 시스템도, 공간도 모두가 변화된 상태였다. 눈은 금방 피로하고 축축 처지는 몸 상태로 거의 몸을 끌고 다니다시피 하면서 출퇴근하였다. 속으로 '아이고, 아이고' 소리가 저절로 나온다.

입사했을 때 진열하고 판매했던 서가, 예술 분야로 따라 걸어갔다. 얇은 음악 악보가 가지런히 혹은, 삐딱하게 있다. 악보를 바르게 세워 놓았다. 바이엘, 체르니, 하농, 소나티네, 베토벤, 바흐, 모차르트 악보까지 한눈에 들어온다. 순간 '아!'라는 소리가 나온다. 외우기도 힘들고 문의를 받으면 답변하기도 어려웠던 책들이다. 내가 책을 만지고 있었지만, 그 순간은 책이 나를 따뜻하게 나를 만져준다. "힘들지? 잘 돌아왔어. 네가 여기서 나와 함께 많은 시간을 보냈잖아. 다시 만나서 반가워"라고 말하는 소리가 들린다. 나도 모르게 미소 짓는다. 책이 나를 위로하는 건가? 생각하지 못했지만 딱! 그런 느낌이 들었다.

사람마다 책에 관한 생각이 다르다. 책을 만나고 업무로 책을 정리하고 책을 주문하고 책을 추천하고, 책을 판매하는 일을 해 왔다. 책은 진심으로 나를 반겨 준다. 힘겨운 일상을 위로하고 마음을 변화시킨다. 책으로 만나는 모임은 소소한 일상에 작은 변화를 주었다. 마음이 아플 때 우연히 넘긴 책장에서 큰 위로를 받는다. 직장생활을 하면서 수많은 사람을 만난다. 각자의 생각이 다를 수 있기에 인간관계에서 갈등은 존재한다. 사람이 사는 곳은 언제나, 어느 곳에서 일어날 수 있는 현상이다.

가장 힘들 때 이야기를 들어주고 손을 잡아 주신 작가님이 계신다. 함께하는 독서 모임을 통해 책을 읽고 한 달에 한 번은 독서 모임을 한다. 많은 양을 읽는 것은 아니지만 새벽에 공부하는 습관이 만들어졌다. 아무런 소리의 방해를 받지 않는 시간은 몰입이 잘 된다. 책을 읽기도 하고 글을 쓰기도 한다. 어느 시기에는 여러 가지 공부를 조금씩 해 보게 한다. 얼마나 효과가 있고, 지식을 쌓고 있는지 중요하지 않다. 나만의 스타일을 지속하고, 작은 성장에 미소 짓는다.

아픈 친정엄마는 딸이 집에 있는 날에는 기분이 좋아진다. 함께 이야기하며 놀아 주기를 기대하게 된다. 휠체어로 함께 시장도 가고 싶다. TV 드라마도 보면서 이야기도 하고 싶다. 그 시간을 기다리다 딸이 움직이는 것만 바라본다. 그러다 소파에서 잠이 드시기도 한다. 딸은 책에 집중하고 있다. 목표한 시간에 맞추고자 한다. 내일을 마무리하려니 친정엄마와 보내는 시간을 뒤로 미루게 된다. 어느 날인가 친정엄마에게 물어보았다. "엄마가 가장 하고 싶은 것은 뭐예요?" 엄마는 "한글 공부"라고 말씀하셨다. 85세에 걷지도 못하고 매일 다리가 부어서 살이 손으로 누르면 푹푹 들어간다. 하루하루 약에 의지하며 생활하신다. 자식이 있는 날이면 여기저기 더 많이 아프신 분이다. 아프신 것도 맞고 집중해서 신경 쓸 일이 없다. 엄마 마음은 더 챙김을 받고 싶은데 가족은 바쁘게 움직이는 모습만 보인다.

어느 날, 한글 따라 쓰기 공부 책을 사다 드렸다. 받침이 어렵다고 하시면서도 열심히 따라 쓰신다. 새벽에 잠결에 일어나 보면 불을 켜고 공부하신다. 식탁 위에 지우개 똥이 한가득하다. 연필 잡은 것도 익숙지 않아서 글씨가 제멋대로이다. 친정엄마는 "지우개 하나를 벌써 다 썼어."라고 말씀하신다. 얼마나 배움이 간절했으면 이렇게 열심히 하실까? 나는 매일 책을 만지면서 이제야 엄마께 공부할 수 있는 책 한 권 사다 드렸다. 요즘 친정엄마는 나보다 더 열심히 의자를 떠나지 않는다. 읽고, 쓰고 또 지우기를 반복하신다. 불편하고 힘든 몸으로 몰입해서 공부하는 모습이 존경스럽다. 가족들은 매일 TV만 보던 할머니의 모습만 보다가, 책을 들고 연필을 잡고 공부를 하는 새로운 모습을 본다. 손주들은 편안하게 누워서 핸드폰으로 유튜브를 보거나 음악을 듣거나 게임을 하고 있다. 게으름 피우고 싶은 가족들도 놀라는 표정이다. 자식이 공부하길 바라면, 공부하라는 말보다 부모 스스로 공부하는 모습을 보여 주는 편이 낫다. 할머니가 책 읽는 모습을 자주 목격한 아이들의 태도가 달라지기 시작했다. 집은 공부하는 공간으로 조금씩 변했다.

친정엄마는 식탁에서 한글 공부에 집중하는 모습이다. 아들은 방에서 자격증 시험을 준비한다. 나 또한 노트북과 씨름하며, 밀린 공부를 하고 있다. 독학으로 공부하니 이해하기 어려운 부분이 많다. 계속 읽고, 쓰고 반복한다. 무슨 말인지도 아무것도 모르겠고, 반복해도 이해 안 되는 부분도 있다. 지나고 보니 그 시간이 가장 중요하다는 것을 알았다. 공부는 참 정직하다. 누구나 공부하는 데 걸리는 시간은 다를 수 있지만 정확한 건 노력에 대한 배신은 하지 않았다.

요즘 서로에게 하는 말은 "공부 좀 그만하고 운동을 좀 해요."라는 말이다. 장시간 앉아있어서 혈액순환이 안 될 정도로 몰입하고 계신다. 한 글자 한 글자 쓰는 게 재미없을 법도 한데 열심히 쓰신다. 새벽에도 잠 안 온다며 거실로 나와서 글을 읽으신다. 낮에는 약을 드시면 꼭 주무셨다. 이제는 그 시간에도 공부하신다. 낮에 자면 밤에 잠 안이 안 온다며 식탁에 앉으신다. TV 보면서 자막을 읽는다. 차 타고 가다가 이정표, 상점 이름을 읽은 후 맞는지 물으신다. 제대로 읽을 줄 몰랐던 지난 평생 얼마나 답답했을까? 이제라도 공부할 수 있어서 행복하다는 말씀이 참 존경스럽다.

주말에는 근처에 사는 언니가 반찬을 만들어서 가끔 집에 온다. 그날 식구들 모두 공부하고 있었다. 언니는 이런저런 사건, 사고를 친정엄마에게 맘껏 풀어 놓으려고 왔다. 분위기가 생각보다 조용했는지 "이 집은 일요일도 없네! 다들 공부하니까 시끄럽게 말하면 민폐일 듯하네, 얘기도 못 하겠네."라고 말한다.

가족 모두 각자 목표 향해 공부한다. 살아가면서 책을 만지고 눈으로 읽고 생각하며 성장한다. 책은 말이 없지만, 사람은 책을 읽고 공부를 하면서 그 침묵을 깨운다. 어떤 공부든 지속하는 힘은 작은 일상을 변하게 만든다. 한글을 배우는 친정엄마가 어느 순간 동화책을 읽고 소설책을 읽을 수 있는 모습을 볼 것이다. 자격증 취득을 위해 공부하는 아들은 꼭 합격할 것이다. 누군가에게 평범한 것이라도 누군가에게는 특별한 것이다. 그 꿈을 실현하기 위해 한 글자 한 글자를 꾹꾹 눌러쓰는 정성의 힘을 믿는다.

제4장

Time

–

그럼에도, 나를 위한 시간

멈추지 않는 나의 꿈, 나의 도전

강진숙

《내가 원하는 삶을 살았더라면》은 호주 간호사 브로니 웨어가 말기 암 환자들을 간호하며, 그들이 인생의 마지막 순간에 깨달은 것들을 적은 책이다. "좀 더 도전하며 살았더라면"하고 후회하는 부분이 가장 인상적이다. 나의 삶을 뒤돌아본다. 승부사 기질이 강한 남편은 신사업 개척과 신제품 개발에 적극적이다. 반면 나는 위험 부담이 큰 도전에는 소극적이다. 남편 덕분에 헤어 브랜드 '아지아(AZIA)'로 시작한 사업이 반려동물 브랜드 '닉센(NIXEN)', 낚시용품 브랜드 '본다(BONDA)'까지 영역을 넓혀 나갔다. 최고급 드라이어 제로블랭크, 눈썹 정리기 스마트 아이, 펫 정수기 스마트 리버, 어군탐지기 BONDA 등 다양한 히트 상품이 탄생했다.

둘째가 태어난 2010년, 나는 헤어 매직기 브랜드 G사의 부산 대리점으로 첫 사업을 시작했다. 30개가 넘는 전국 대리점 중에서 유일한 여성 대표였다. 매년 전국 최상위 매출을 달성하며 사업이 안정 궤도에 올랐을 때 남편의 제안으로 자체 브랜드 헤어클리퍼 사업을 추진했다. 당시 헤어 업계에서는 이발기 점유율의 80% 이상을 일본계 회사가 독점하고 있었다. 첫 거래처는 대만 회사였다. 먼저 100개를 수입해 샘플 테스트를 진행했다. 일본 브랜드의 성능을 능가하는 강한 모터와 배터리 수명에 매료되어 정식으로 수입하기로 했다.

하지만 본격적으로 판매가 시작되자 불량률이 40% 가까이 발생했다. 겁이 났다. 나는 클리퍼 사업을 포기하고 싶었다. 하지만 남편은 우리를 믿고 거래한 대리점 사장님들과 헤어 디자이너들을 위해 해결책을 찾아야 한다고 했다. 절대 포기할 수 없다고 했다. 기존 거래처의 품질을 능가하는 파트너 공장을 찾기 위해 독일, 중국, 미국 등의 업체에 수없이 연락했다. 그러다 중국 시장에 진출해 성공적으로 클리퍼 사업을 하는 한국계 기업과 연이 닿았다. 완벽을 추구하는 남편의 집요함으로 기존 제품을 능가하는 완성도 높은 제품들을 선보일 수 있었다.

위기가 닥쳤을 때 도망가지 않고 끈질기게 방법을 찾고 기회를 잡았던 경험은 겁이 많던 나를 바꿔놓았다. 앞으로 사업을 하면서 만나게 될 수많은 난관 앞에서 당당하게 맞서 싸우는 기업가가 되고 싶었다. 그 후 어떤 도전도 겁내지 않게 되었다. 도전하는 삶을 위해 내가 실천하고 있는 시간 관리법은 다섯 가지이다.

첫째, 충분한 수면이다. 평일에는 빡빡한 일정 때문에 알람에 맞춰 일어나지만, 주말 중 하루는 휴대폰을 거실에 두고 몸이 충분하다고 느낄 때까지 잔다. 수면은 단순히 잠을 자는 것만이 아니다. 그것은 다음 날의 에너지를 충전하고, 내 몸과 마음을 회복시키는 소중한 시간이다.

둘째, 운전하는 시간을 생산적으로 활용한다. 하루 두세 시간을 도로 위에서 보내는 날이 많다. 이 시간을 의미 없이 보내기엔 너무 아깝다. 출근길 '스피킹 맥스'로 영어 회화를 하고, 업무로 이동 중에는 밀리의 서재나 윌라 오디오북을 듣는다. 퇴근할 때는 부산 영어 방송을 듣거나 음악으로 하루를 마무리한다. 클래식을 들으며 차분하게 하루를 되돌아보기도 하고, 신나는 팝송으로 수고한 나를 위로하기도 한다.

셋째, 업무를 효율적으로 위임한다. 혼자서 모든 일을 하려고 하던 시절이 있었다. 이것은 업무량 초과로 나를 지치게 했다. 지금은 나보다 더 잘할 수 있는 사람에게 일부를 위임하고 내가 잘할 수 있는 일에 집중한다. 이것은 회사에서뿐만이 아니라 가정에서도 마찬가지다. 집에서는 남편은 청소, 딸은 빨래를 담당하며 각자의 역할을 충실히 해주고 있다.

넷째, 새벽 시간을 활용한다. 2024년, 한자 자격증 1급 취득과 50권 책 읽기가 목표였다. 예정에 없던 독서법 코칭 수업과 공저 출간이 추가되면서 시간이 절대적으로 부족했다. 그러던 중 '438의 기적'이라는 새벽 기상 모임을 알게 되었고, 새벽 4시 38분에 일어나면서 하루 2시간을 확보하게 되었다. 이 시간 동안 온전히 집중하며 부족한 공부를 할 수 있었다. 나는 약간의 강제성과 책임감이 주어질 때 더 잘 해낼 수 있는 사람이라는 것을 알게 되었다.

다섯째, 나만의 시간을 갖는다. 2023년 4월, 혼자만의 시간을 가지기 위해 홀로 베를린으로 떠났다. 일주일간의 여행은 내 인생을 돌아보는 중요한 전환점이 되었다. 프랑크푸르트에서 베를린으로 가는 기차 안에서 현지인들과 대화하며 그 시간을 즐겼다. 베를린 시내를 자전거로 누비며 유명한 관광지뿐 아니라 잘 알려지지 않은 명소까지 발견해 냈다. 안경점, 노천탕, 꽃집 등 구석구석을 탐험했다. 필하모니 하우스에서 피아노 음악회를 감상했다. 평일임에도 2,200석이 매진되며 콘서트홀을 가득 메운 베를린 사람들을 보며 음악에 진심인 그들이 부러웠다. 커피를 마시며 유유히 시간을 보냈던 빈터가르텐에서는 완벽한 여유를 느꼈다. 케테 콜비츠 미술관에서는 그녀의 작품이 전하는 감동을 천천히 음미했다. 내가 원하는 곳을 가고, 내가 먹고 싶은 것을 먹으며 온전히 나만을 위한 시간을 보냈을 때 얻는 행복은 그 무엇과도 바꿀 수 없다. 매년 1주일은 나만을 위한 시간을 가지기로 마음먹었다.

개인적으로 가장 이루고 싶은 목표는 주한 외국인 3만 명에게 긍정적 영향을 주는 사람이 되는 것이다. 주한 외국인들이 한국인과 융화하며 소중한 구성원으로 한국 생활을 했으면 좋겠다. 다양한 문화가 조화롭게 공존하는 대한민국을 만드는 데 조금이라도 보탬이 되고 싶다. 젊은 시절 8년 가까이 시드니와 도쿄에서 생활할 때, 그 나라 사람들이 내게 주었던 호의와 친절을 잊지 못하고 있다. 내가 꿈꾸고 도전하는 소망들은 시간이 걸리는 것들이다. 나는 조급해하지 않을 것이다. 나만의 리듬을 갖고 꾸준히 전진할 것이다. 삶의 마지막 순간, 도전하지 않은 것을 후회하지 않기 위해, 오늘도 꿈을 향해 조금씩 나아가고 있다.

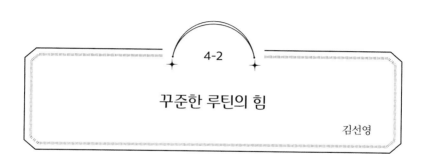

꾸준한 루틴의 힘

김선영

"왜 이렇게 시간이 없냐?"

"밥하고 청소하고 애들 챙기다 보면 하루가 다 가던데, 넌 어떻게 시간을 내는 거니?"

내 친구들이 자주 하는 말이다. 친구들도 나처럼 어린 자녀들을 챙기느라 바쁜 일상을 보내고 있다. 내 가까운 지인 중에서 책을 읽는 사람은 거의 없다. 그래서인지 나의 독서 습관이 지인들에게는 신기해 보이는 듯하다.

번아웃 이후 하루라도 책을 읽지 않으면 몸이 아프다. 술을 좋아하는 편도 아니고, 혼자만의 시간을 내기도 여의찮은 일정이다. 나의 부정적인 마음과 화를 해소할 유일한 창구는 책이다.

요즘 나의 일과는 새벽 여섯 시에 시작된다. 남편의 도시락과 커피를 준비하고, 도보로 10분을 걸어 아이를 등교시킨다. 이후에는 나만의 시간을 갖는다. 아이를 학교에 보낸 후에는 대여섯 시간이 주어진다. 간단히 식사하고 집안일을 마친 뒤, 스케줄을 정한다. 서평단으로 받은 책을 읽고, 사진을 찍어 다양한 SNS 채널에 서평을 올린다. 아이가 돌아오는 시간에는 학원 픽업을 오간다. 6시쯤 학원을 마치고 돌아오는 아이를 기다리며 틈새 시간을 이용해 부족한 독서 시간을 채운다. 하루 일정을 마무리하면 보통 열한 시쯤 된다. 강의가 있으면 강의를 듣고, 잠들기 전 새벽 한 시까지 책을 읽으며 하루를 끝낸다.

평범해 보이는 일상에서 온전한 내 시간을 확보하는 것이 절대 쉽지 않다. 그래서 나만의 시간을 만들기 위해 방법을 만들어 꾸준히 실천하고 있다.

첫째, 시간을 정하지 않는다. 처음 루틴을 만들 때 시간을 정하는 것이 중요하다. 그래야 계획한 목표에서 이탈할 확률이 적어진다. 하지만 습관이 자리 잡게 되면 유연한 시간 관리가 가능해진다. 전담으로 아이를 키우다 보니 변수가 많다. 육아는 온전히 내가 감당해야 하는 부분이기에 유연하게 시간 관리를 한다. 시간을 정해놓게 되면 '오늘 일이 있어서 하지를 못했네.'라는 핑곗거리가 생기곤 했다. 그래서 오늘 해야 할 일을 메모해 두고, 오 분이든 십 분이든 시간이 생길 때마다 독서를 실천하고 있다. 그 시간이 모이면, 두 시간은 확보할 수 있다.

둘째, 작은 루틴을 만든다. 사람은 편한 것을 선호하는 경향이 있다. 아무리 좋은 취미도 일이 되어 버리면 하기 싫어진다. 내가 감당할 수 있는 범위 내에서 작은 실천부터 루틴으로 만들어야 한다. 매일 실천할 수 있는, 실현할 수 있는 계획을 세워야 한다. 예를 들어, 최소 '하루 100페이지'는 무조건 읽는다. 이는 한 시간에 몇 장을 읽는지 계산하여 정한 기준이다. 하루 두 시간은 기본으로 독서를 꾸준히 하고 있기에 최소한의 가이드라인을 정해놓고 있다.

셋째, 루틴을 실행할 나만의 공간을 만든다. 작은 공간이라도 좋다. 중요한 것은 온전히 집중할 수 있는 장소가 중요하다. 다른 일을 하다가도 잠시 앉아 바로 몰입할 수 있는 공간이면 충분하다. 나는 드레스 룸에 있는 화장대를 서재로 사용하고 있다. 몰입을 위해 타이머도 활용한다. 핸드폰은 디지털 디톡스를 위해 시간을 확인하고 치워둔다. 그 대신 타이머로 시간을 가늠한다. 그 시간만큼은 오롯이 책에만 집중하는데 이 방법은 기대 이상으로 집중력을 끌어올려준다.

넷째, 동기부여를 게을리하지 않는다. 한 달 평균 22권의 책을 읽는 나는 자기계발서를 목록에 포함한다. 무기력하고 우울했던 과거가 있었기에, 나를 독려하기 위해서는 마인드 셋이 필요하다. 열심히 노력해서 성공한 사람들의 책을 읽으면 허공에 떠돌던 마음이 가라앉는다. 어릴 적에는 '성공시대'라는 프로그램도 참 좋아했다. 그들의 삶을 간접 체험하면 내 마음속에도 '열심히 살아야지' 하는 작은 불씨가 타올랐다.

자신을 위한 시간을 확보하는 것은 단순한 시간 관리가 아니다. 이는 자신을 사랑하고 존중하는 방식이다. 개인의 시간은 행복과 직접적으로 연결되며, 성장을 위한 중요한 결정이다. 나는 꾸준히 시간을 내는 방법들을 실천하며 행복하고 만족스러운 삶을 살고 있다.

하루하루 소중한 나만의 시간을 확보하며 자신을 돌보고, 사랑하는 법을 배워 나간다. 그 시간을 통해 작은 성취를 이룬다. 이런 시간이 반복되면 매년 내 모습은 지금보다 훨씬 성장해 있을 것이다. 그렇기에 자신을 위해, 그리고 가족의 행복을 위해 오늘도 꾸준한 루틴의 힘을 믿어본다.

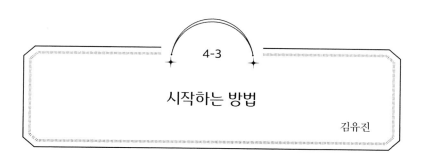

시작하는 방법

김유진

어릴 때부터 무엇이든 경험하는 것을 좋아했다. 해보고 싶은 것도 많았다. 호기심도 많아서 여기저기 기웃거리기도 잘했다. 아파트 단지 안, 밭에 심겨있던 무를 뽑아놓고 간 적이 있었다. 무지개를 따라가다 길을 잃어버린 적도 있다. 어린이집 다니던 길에 토끼 사육장이 있었다. 매일 토끼를 보느라 어린이집에 지각했다. 소소한 것부터 엉뚱해 보이고 과감한 것까지 다양하게 경험했다. 호기심이 많아도 한 가지를 꾸준히 한 적은 없었다. 그래서 방황을 오래 했다. 컴퓨터 학원도 삼 개월 다니고 그만뒀다. 어머니 영향으로 끈기 있게 했던 것은 피아노 학원밖에 없었다. 흥미가 금방 없어졌음에도 어머니의 주장으로 계속 다녔기 때문이다. 무언가를 배워도 조금 하다 말고 흥미도 금방 식었다.

성인이 되어보니 때론 하기 싫어도 해야 할 때가 있다. 좋아하는 것만 하고 살 수 없는 것이 현실이었다. 어릴 때는 어머니가 무서워서 어쩔 수 없이 오래 했다. 성인이 된 후 나에게 뭐라고 하는 사람은 나 자신뿐이다. 포기하고 유지하는 것도 내 맘대로다. 자유가 좋으면서도 부담스러웠다. 모든 것을 스스로 책임져야 하기 때문이다. 뭐든 시작과 끝이 있다. 시작하기 위해 방법을 찾아야 했다. 처음 시작할 때 제일 중요하게 생각하는 것은 흥미다. 흥미로운 요소가 있다면 어떤 것이든 하고 싶다. 반면에 흥미롭지 않으면 손도 대지 않을 정도로 호불호가 강하다.

만약에 흥미 없는 일을 해야 할 땐 세 가지 방법을 활용한다. 첫 번째는 본격적으로 하기에 앞서 시험 삼아 해본다. 나는 처음부터 크게 시작하면 마지막까지 완주를 못 하는 경향이 있다. 간단하게 시작하는 준비운동이 필요하다. 마음공부를 위해서 지인에게 책 필사를 추천받은 적이 있다. 책 필사를 어떻게 하는지 몰랐다. 필사라는 말을 들었을 때 책을 따라 쓴다는 느낌이었다. 막상 따라 쓰려니 흥미를 갖지 못했다. 어떻게 하면 좋을까 생각했다. 책 필사와 함께 내 생각까지 짧게 적었다. 추천받은 책 필사는 100일 동안 진행해야 했다. 1년에 책 한 권 읽지 않았던 나다. 갑자기 매일 100일 동안 필사한다니 걱정됐다. 남들처럼 따라 했다가 끝까지 못하겠단 생각이 들었다. 따로 나만의 규칙을 만들었다. '주 3일은 무조건 필사하자'였다. 매일 할 일을 '주 3회'로 줄인 것은 작은 성공을 하게 만드는 방법이었다. 최종적으로 200일 넘게 시간이 걸려 책 한 권 필사를 마쳤다. 할 수 있다는 자신감이 생겼다. 이후에 바로 시작한 것이 '끈기 프로젝트_독서 편'이다. 첫 필사와 마찬가지로 100일 걸리는 프로젝트였다. 이번엔 매일 해보자고 다짐했다. 중간에 코로나로 쉬어야 했던 하루를 제외하고 101일 만에 완료했다. 두 번째 성공은 첫 번째보다 더 기뻤다. 끈기가 생긴 것 같았다. 100일 이후에도 계속하고 싶은 욕심이 생겼다. 덕분에 지금까지 700일 넘게 이어오고 있다. 지금까지 할 수 있었던 것은 작게 시작해서 한 단계씩 성공한 경험 덕분이다.

두 번째는 무조건 흥미 요소를 찾는다. 사소하고 작은 것이라도 좋다. 입사하자마자 단순하고 지루한 일을 맡은 적이 있다. 온종일 식물에 물을 주는 일이었다. 정말 필요한 일이지만 나에겐 힘들었다. 하루면 모르겠지만 일주일, 한 달을 하고 나니 영영 끝나지 않을 것처럼 보였다. 여기서 찾았던 흥미 요소는 물을 주면서 식물을 관찰하는 것이었다. 호기심으로 흥미가 생길 수 있다고 생각했다. 씨앗을 뿌려놓은 곳에 싹이 나는지 관찰했다. 얼마 전에 큰 화분으로 옮긴 식물이 잘 자라는지 확인했다. 꽃이 핀 식물이 있는지도 봤다. '새로운 발견을 할 수 있지 않을까?' 하는 기대감이 흥미로 바뀌었다. 덕분에 지루함을 없앨 수 있었다. 매번 흥미가 있으면 좋겠지만, 아닐 때도 있었다. 그럴 땐 나에게 미끼를 던진다. 맛있는 음료 한 잔을 준비하기도 하고, 주전부리를 옆에 끼고 하기도 한다. 이도

저도 생각나는 것이 없으면 '얼른 해치워버리고 게임 하자'라고 다른 보상을 걸었다.

세 번째는 나만의 방식으로 변형한다. 단, 본질을 흐리지 않는 선에서다. 왜냐하면 모든 방식이 모두에게 딱 맞는 경우가 없기 때문이다. 나는 금방 지루해하는 성향이라 이것저것 해봤다. 전혀 거창하지 않다. 예를 들어 보자. 감사 일기를 쓰기 위해 유선 공책을 사용하면 편하다는 추천을 받았다. 본질은 감사 일기를 쓰는 것이다. 무선 공책이 좋으면 그걸로 사면된다. A4 크기가 편하다고 하지만 B5 크기로 바꾸어 사용하기도 한다. 또 공책에 쓰는 게 습관 들이기 힘들면 메신저 앱으로 써도 된다. 메신저 앱으로 쓰니 가벼워져서 매일 쓰는 습관에 좋다. 첫 번째 방법처럼 가볍게 시작했다가 공책으로 돌아갈 수 있다. 또 다른 예를 들어 보자. 새벽에 기상해서 책을 읽는 것이 좋다고 한다. 본질은 책을 읽는 것이다. 새벽이 아닌 쉬는 시간에 책을 읽거나 이동하는 중에 지하철에서 책을 읽어도 된다. 종이책이 좋다고 추천하지만 가지고 다니기에 무겁다면 전자책으로 읽어도 된다. 본질만 흐려지지 않는다면 나만의 방식으로 어떤 것을 해도 좋다.

나는 생각이 많은 사람이다. 행동이 느리고 게으른 사람이기도 하다. 가끔은 무턱대고 저지르기도 한다. 무엇보다 계속 발전하고 싶어 한다. 이 밖에도 무수히 많은 내가 있다. 그리고 여전히 경험하는 것을 좋아한다. '뭘 해보지?'라고 끊임없이 자신에게 묻는다. 친구나 동료, 부모와 대화하는 것처럼 나와 대화한다. 앞서 어떤 일을 결정할 때도, 나와 약속할 때도, 흥미롭지 않은 일을 시작할 때도 마찬가지다. 친한 친구와 대화하는 것만큼 재밌다. 꼬리를 물고 늘어진 대화 중에 간단하게 할 수 있는 것을 골라본다. 흥밋거리를 찾는다. 아닐 땐 앞의 세 가지 방법을 사용한다. 시작하고 나면 아주 작지만 달라진 나를 발견한다. 나와의 대화 덕분에 나에 대해 잘 알게 됐다. 앞으로 더 잘 알게 될 것이다. 무엇을 좋아하고 싫어하는지, 나는 어떤 사람인지 궁금할 때 나에게 물어보자. 내 안의 내가 대답해 줄 것이다. 이것이 좋아하는 것을 시작할 수 있는 나만의 방법이다.

나를 살린 미라클 모닝, 독서하기, 매일 루틴

김인숙

아침 7시가 되면 출근 준비를 한다. 저녁 6시까지는 꼼짝없이 회사에 있어야 한다. 퇴근 후에도 아이 저녁 먹이고 씻기고 재우고 나면 곯아떨어지기 일쑤였다. 체력이 약한 데다 초보 엄마에 초보 주부였다. 심지어 집안일은 늘 넘쳐났다. 부동산 공부를 위해 하루에 세 시간은 확보하고 싶었다. 하지만 일머리가 부족해서 좀처럼 시간을 확보할 수 없었다. 게다가 아이가 눈뜨면 엄마부터 찾았다. 아이가 깨어있을 때는 시간을 내기 힘들다는 결론을 내렸다. 그래서 '미라클 모닝'을 하기로 결심했다. 아이가 깨어있지 않은 새벽 시간을 나만의 공부 시간으로 정한 거다. 처음에 일어난 시간은 4시 30분이었다. 물론 기상 시간은 1시 50분이 되기도, 2시 30분이 되기도, 3시 30분이 되기도, 컨디션이 안 좋으면 5시 30분이 되기도 했다. 하지만 새벽 시간에는 주로 계획을 세우고 부동산 책을 읽고, 실력을 쌓기 위해 노력했다. 당시 수술 후 체력이 약해져 있던 터라 아이를 재우면서 9시 전에는 함께 잠자리에 들었다. 일찍 잠자리에 든 덕분에 8시간 정도를 충분히 자고 4시 30분에 무리 없이 일어날 수 있었다.

그렇게 아이 덕분에 '미라클 모닝', 일명 새벽 기상을 시작했다. 처음엔 무작정 일찍 일어났다. 하지만 일찍 일어나서 혼자만의 시간을 갖는 것 자체가 나에게는 자극이 됐다. '이 시간에 일어나다니 오늘도 해냈다! 나도 뭔가를 할 수 있구나! 나만의 시간으로 나도 뭔가를 해낼 수 있구나!' 조용히 책상에 앉아 혼자만의 시간을 만끽하는 것만으로도 기뻤다. 어두운 창밖을 바라보면서 나 혼자 깨어 있다는 생각에 행복감에 젖기도 했다. 갓난아기였던 딸아이와 혼연일체가 되어 보내야만 했던 지친 일상에 새벽 시간으로 '나 자신'을 찾을 수 있게 된 기분이었다. 모두가 잠든 시간에 나만의 세상을 만난 듯한 여유로움이 느껴져서 행복했다. 저녁 시간에는 아이가 잠든 후에도 집안일이 눈에 띄었다. 퇴근한 남편과 대화하다 보면 어느새 열한 시가 훌쩍 넘어버리기 일쑤였다. 하지만 새벽 시간에는 누구도 나를 방해할 수 없었다. 나만의 시간이라는 해방감이 좋았다.

자연스럽게 새벽 시간이 내게 가장 소중한 시간이 됐다. 무슨 일이 있어도 새벽에 일어나기 위해 노력했다. 10시 전에는 무조건 잠자리에 들었다. 의무적으로 참석해야 하는 회식이 아니고는 친목 도모를 위한 저녁 약속은 모두 없앴다. 육아 스트레스를 날려주던 드라마도 싹 끊었다. 과식하고 자면 숙면하기 힘들어 저녁도 과식하는 습관을 없앴다. 당연히 야식도 끊었다. 아이 재우고 남편과 함께하던 맥주 한 잔은 아쉬웠지만 나만의 시간을 확보하기 위해 역시나 줄였다. 핸드폰은 최대한 침대에서 멀리 놓고 잠자리에 들었다. 알람 소리 때문에 아이가 깨지 않도록 알람이 울리자마자 벌떡 일어날 수밖에 없었다. 행사나 업무로 인해 늦게 잠자리에 들어서 피곤한 날에는 나 역시 핸드폰 알람을 끄고 더 자고 싶은 유혹에 흔들린다. 하지만 그런 유혹은 멀리하고 무조건 벌떡 일어난다. 정 눈이 안 떠지는 날에는 바로 화장실로 가서 세수하고 양치한다. 그리고 새벽에 공부하는 서재로 간다. 의자에 앉아서 '할 일 리스트'를 확인한다. 신기하게도 아침에 해야 할 일을 확인하는 순간 잠이 깬다. 물론 새벽 기상으로 낮에 너무 졸릴 때면 잠깐이라도 눈을 붙인다. 그렇게 새벽 기상이 습관이 되면서 나만의 시간을 갖게 되자 그 시간을 활용해 뭐든 해낼 수 있다는 자신감이 생겼다. 지금 나는 330 미라클 모닝(3시 30분 기상)을 실천하고 있다. 어느새 투자 시간을 확보하기 위해 미라클 모닝을 실천한 지 10년이 넘었다. 지금도 나에게는 가장 소중한 시간이다. 새벽 시간은 오롯이 나를 성장시킨 시간이었다고 자신 있게 말할 수 있다.

미라클 모닝만큼 내 인생을 바꾼 게 뭐냐고 묻는다면 자신 있게

'독서'라고 대답하고 싶다. 일찍 일어나서 사실 뭐부터 해야 할지 몰라 우선 책부터 읽었다. 경제, 자기 계발, 부동산 분야의 책을 백 권 정도 읽고 나니 그 속에서 길이 보였다. 경매, 빌라, 토지, 상가, 빌딩, 아파트 등 다양한 부동산 분야 책을 닥치는 대로 읽었다. 그랬더니 보수적이고 안정적인 것을 추구하는 나에게 가장 잘 맞는 투자는 '아파트'라는 확신이 들었다. 그 덕분에 우유부단한 나도 부동산 강의를 듣기 위해 서울로 가겠다는 결심을 할 수 있었다. 이런 작은 변화들이 나도 할 수 있다는 설렘을 가져다줬다. 이 정도면 독서로 인생이 바뀌었다고 할 수 있지 않을까?

지금도 회사 생활로, 인간관계로, 부동산 투자로 마음이 힘들 때면 책을 읽는다. 매주 한 권씩은 다양한 분야의 책을 읽고 있다. 내 생각에 갇혀서 편협하게 살던 때와 다르게 경제학자, 심리학자, 인문학자, 과학자, 역사학자, 시인, 소설가, 투자자 등 다양한 분야의 전문가 이야기를 들을 수 있어서 좋다. 독서를 통해 나 자신을 돌아보고 끊임없이 배울 수 있다. 깊이 있게 인생을 설계할 수 있는 기회도 얻는다. 데일 카네기의 《인간관계론》을 통해서 지는 게 이기는 거라는 걸 배웠고, 《보도섀퍼의 돈》으로 '돈'에 대해 더 알고 싶어졌다. 《이어령의 마지막 수업》을 통해 내 삶의 모든 순간이 선물임을 깨닫게 됐고, 아들러의 《인생에 지지 않을 용기》를 통해 결국 사고 방식이 현재의 나를 결정한다는 걸 배웠다. 저렴한 돈으로 가장 큰 효과를 낼 수 있는 게 독서라고 생각한다. 처음부터 독서가 어렵다면 얇은 시집이나 재미있는 소설책으로 책 읽기를 시작해도 좋다. 나는 바쁜 생활 속에서도 시간을 정해서 책을 읽고, 유튜브보다는 책을 손에 잡으려고 노력한다. 블로그에 매주 토요일에는 누가 보든 안 보든 독서 후기를 올린다. 또 독서 모임을 운영해서 강제로 책을 읽을 수밖에 없는 환경을 만들었다. 나는 앞으로도 독서를 통해 꾸준히 배우고 성장하며 배운 것을 실천해 나가는 사람이 되고 싶다.

마지막으로 지금도 꾸준히 부동산 공부를 이어나갈 수 있는 비결이 뭐냐고 묻는다면 그건 바로 '매일 루틴' 덕분이라고 대답한다. '루틴'이란 '일정한 행동의 틀을 가지고 행동하는 것'이라는 사전적 의미가 있다. 지겹지만 꾸준히 해야 할 일을 해 나가는 것이 바로 '루틴'이라고 생각한다. 나에게도 매일 해 나가야 하는 루틴이 있다. 바로 '루틴 6종'인데 '미라클 모닝, 목표 실적 & 감사 일기, 요일별 투자 루틴, 독서, 신문 읽기, 운동'이다. 물론 요일별 투자 루틴에는 '전화 임장[16]이나 아파트 시세 살펴보기, 공급 물량 확인, 매매 가격지수[17]와 거래량 확인, 미분양[18] 물량 확인, 부동산원 주간 아파트 동향 자료 보기, KB 주간 시계열 자료 보기, 임장' 등 요일별로 꼭 해야 할 일이 있다. 매일 '루틴'을 실천할 때 내 기분과 상관없이 어떤 상황에서건 약속한 일을 해 나가는 것이 가장 중요하다. 매일 해야 할 일

---

16 부동산에 전화를 걸어 현장의 분위기, 매물의 상태를 확인하는 행위
17 지역의 아파트 평균 가격을 기준점인 100으로 삼고 상승 또는 하락의 정도를 쉽게 알 수 있도록 측정한 값
18 정해진 양의 일부 또는 전부가 분양되지 않음

을 할 때 정말 신나고 재미있는 날도 있지만, 조금 하기 싫은 날도 너무 하기 싫은 날도 있다. '오늘만 하지 말까?'하는 생각과 끊임없이 싸운다. 지겹지만 해야 할 일을 해 나가는 게 중요하다. 지루함을 견뎌낼 수 있는 '루틴' 덕분에 지금도 포기하지 않고 나아가고 있다.

　3시 30분 알림이 울리면 일어난다. 30분간 아침 독서를 한다. 4시가 되면 스터디원들에게 그날 작성해야 할 임장 보고서를 안내한다. 4시 30분에 '요일별 투자 루틴'을 한 시간 진행한다. 5시 30분에 블로그 글을 작성한다. 6시가 되면 남편과 맨발 걷기를 위해 산에 간다. 새벽 루틴이 끝나고 출근 준비가 시작된다. 매일 황금 같은 아침 시간을 채워가고 있다. 물론 아침 시간만으로 부족하면 저녁 시간을 추가로 활용한다. 강의를 듣거나 강의를 준비하고, 투자 물건을 찾고, 임장 자료를 준비하는데 여전히 밤을 새우기도 한다. 왜 그렇게까지 힘들게 사냐는 얘기를 듣기도 한다. 하지만 누가 뭐래도 내가 재밌어서 하는 일이다. 이 정도면 미라클 모닝과 독서, 매일 루틴이 나를 살렸다고 할 수 있지 않을까? 덕분에 지금도 무너지지 않고 하루하루를 채워갈 수 있음에 감사하다. 꾸준히 좋아하는 일을 하며 하루를 살아갈 수 있는 비결이다.

몰입을 위한 준비 작업, Energy Saving

김진권

새로운 것을 배우거나 몰입을 시작하려는 단계에서는 시작하기 위해 에너지를 쓰는 것 자체가 진입장벽이다. 그래서 시작하면서 불편함이 없어야 한다. 몰입을 위한 준비 작업, 에너지를 절약하는 세 가지 방법을 소개한다.

첫째, 불편함을 제거한다. 대기업 재벌 회장님이나 국정을 담당하는 분들을 보면 수행비서가 동행하는 것을 볼 수 있다. 수행비서들은 일정 관리는 물론이고 이동하는 동선에도 불편함이 없는지 확인한다. 회의 시 주로 마시는 차가 무엇이고 바로 준비되어 있는지, 집무 활동에 사용하는 집필 기구나 자료들이 평소와 같은 위치에 있는지도 확인한다. 작은 일이라도 불편함으로 집중력이 소모되지 않게 세세한 부분까지 준비하는 것이다. 이것은 비단 높으신 분들에게만 해당하지 않는다. 불편한 상황에서 집중력을 오래 유지하는 것이 쉬운 일은 아니다. 그리고 불편한 일은 1~2번 정도는 감내할 수 있지만 지속해서 이어나가기는 어렵다. 꾸준히 하고자 하는 일에 '불편함'을 없애는 것이 더 중요하다. 예를 들어, 한 시간을 걸어서 도서관에 가야만 책을 볼 수 있다면 독서라는 취미가 생기기 어렵다. 그리고 책은 책장에 꽂혀 있고 항상 핸드폰이 손에 들려 있다면 책보다 핸드폰을 보는 습관이 더 쉽게 생길 수 있다.

독서를 위해서 책을 항상 들고 다니는 것은 물론이고 지하철에서 책을 꺼내기 편리한 곳에 넣어두어서 바로 꺼내 볼 수 있어야 한다. 그리고 블로그나 카페에 언제든 글을 작성할 수 있도록 핸드폰과 블루투스로 연결되는 키보드를 가지고 다니기도 한다. 또 가장 오랜 루틴인 운동을 지금까지 할 수 있었던 것도 헬스장이 회사 건물 안에 있기 때문이다. 퇴근 후 집에 갔다가 짐을 들고 20~30분 걸어서 이동해야 했다면 운동 습관은 빠르게 사라졌을 것이다. 책은 언제나 손을 뻗으면 닿을 수 있는 곳에 놓여 있어야 한다. 운동 전에는 힘을 최대한 들이지 않는 상태를 만들어 놓아야 한다. 숨을 쉬고 밥을 먹듯 자연스러운 행동처럼 만들어 가는 것이 제일 중요하다.

둘째, 편안한 인간관계를 유지한다. 인간관계에서도 대화나 만남에서 불편함이 느껴지는 사람과는 함께하기 어려운 경우가 많다. 그 불편함이 처음에는 작게 느껴졌어도 시간이 지남에 따라 점점 더 불편해지고 관계가 소원해지는 경우가 생기기도 한다. 물론 필요에 따라 자신을 바꾸거나 상대방을 변화시키기 위해 시도를 해볼 수는 있으나 사람을 바꾼다는 게 생각처럼 쉬운 일이 아니다. 애초에 나와 상대방을 바꾸기 위한 노력과 시간을 들여야 할 필요가 있는 관계인지도 생각해 봐야 한다. 그래서 불편한 사람을 노력하면서 계속 만나게 되는 일보다 내 마음이 편안한 사람들을 점점 더 보게 되는 거 같다.

함께할 수 있는 사람들을 가까이하는 습관과 환경을 만들면 도움이 된다. 투자 공부는 힘들고 어려운 경험을 하게 되면 거기서 멈추는 경우가 많아진다. 그런데 동료와 함께하면 동료와의 약속 때문이라도 보게 되고 비슷한 수준으로 이야기를 나누기 위해서라도 공부를 더 하게 된다. 공통의 관심사가 있는 사람들과 함께 있는 것은 내 습관을 유지하는 데 중요하다. 동호회나 카페, SNS 등을 통해서 공통의 관심사가 있는 사람들을 찾고 좋은 사람들과 루틴을 만들어 가면 좋다.

마지막으로, 나만의 시간과 공간 확보가 필요하다. 일상생활을 그대로 유지하면서 자신에게 집중할 수 있는 시간을 만드는 건 매우 어렵다. 24시간의 일상생활 중에서 반드시 내려놓아야 할 것을 찾아야 한다. 나는 퇴근 후의 개인 시간과 수면시간, 주말에 하루는 가족과의 시간을 내려놓았다. 이런 시간을 만들기 위해서 가족들에게 양해를 구하는 것이 먼저다. 그리고 퇴근 후 시간은 예전과는 다른 기준을 만들어야 한다. '미움받을 용기'라고 했던가, 친구들의 눈치 때문에 나만의 시간을 확보하지 못하는 것만큼은 피해야 한다. 퇴근 시간을 철저히 지키려 노력했고 당연하게도 친구와의 모임도 전부 내려놓았다.

내 경우는 아침보다는 새벽이 몰입이 더 잘된다. 가족들이 잠이 들고 난 저녁 10~11시부터 집중할 수 있는 시간을 확보해 두었다. 여기서 중요한 것은 하루에 틈틈이 10~20분씩 시간을 내어서 1~2시간을 사용하는 것보다는 1시간이라도 통으로 한 곳에서 집중하는 게 더 효율적이다. 일과 시간에 짬짬이 시간을 내기보다는 회사 일에 집중하는 것이 주변의 평가나 일의 질적인 면에서도 더 효율적이다. 그래서 회사에 집중해서 일을 빠르게 마무리하고 퇴근을 정시에 바로 하는 데 집중하는 것이 좋다. 퇴근 후에 통으로 사용할 수 있는 내 시간을 더 소중히 사용하는 것에 노력해 보자. 또 이런 생활이 회사 성과나 평가 측면에서도 좋은 결과로 이어질 수 있다.

몰입할 수 있는 나만의 공간은 퇴근 후 회사 앞 커피숍이다. 아메리카노 한 잔을 시켜 놓고서 1~2시간 동안 독서를 하고 카페나 블로그에 공부했던 부동산 시세나 정보를 작성한다. 카페를 찾는 것은 집이 나만의 공간이 아니라 가족과 함께하는 생활공간이기 때문이다. 집에서는 가족과 함께해야 할 일들이 우선이기 때문에 온전히 나를 위해 집중하기가 쉽지 않다. 그래서 집에서는 퇴근 후 씻고 개인 정비 시간 뒤에 가족과 하루 있었던 일들에 관해 이야기를 나누며 함께 시간을 보낸다. 개인적으로 아내와 아이와 나누는 일상의 이야기와 추억들이 있는 이 시간이 가장 행복하고 즐거운 시간이다. 그래서 이 시간만큼은 가족에 집중하고 그 이야기와 서로의 감정에 대해 공감하려 노력한다.

몰입을 위해 불편함을 제거하고, 편안한 인간관계를 유지하며, 나만의 시간과 공간 확보했다. 필요하다고 해서 내게 시간이 더 주어지지 않는다. 시간은 누구에게나 같은 조건이며 바꿀 수 없는 법칙이다. 그래서 나만의 시간을 확보하려면 포기해야 하는 것이 필요하다. 가족과 회사, 친구, 취미와 관심사, 수면시간까지 내려놓으며 어렵게 만든 시간을 무엇보다 더 값지게 사용해야 한다. 어떤 일이든지 그 일을 왜 하고 있는지 반드시 목표가 있어야 한다. 바쁜 일상에서 열심히 살고 있는 이유가 무엇인지, 지금 여기에 몰입하고 있는 이유가 무엇인지 자각해야 한다. 그 기준이 있어야 앞으로의 긴 여정에서 흔들지 않을 수 있다. 이 글을 통해 스스로 변화하려는 당신의 현재 소중한 시간이 반짝이는 별이 되는 순간이 되기를 진심으로 응원한다.

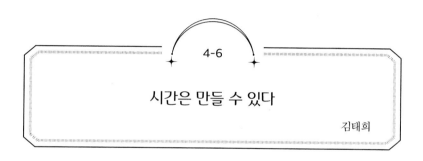

시간은 만들 수 있다

김태희

잘 해내지 못할까 봐 시작은 엄두도 못 내는 게으른 완벽주의자인가? 아니면 무엇을 해야 할지조차도 모르겠는가? 자기계발서를 보면 다들 시작을 해라고만 하고, 행동으로 옮기라는데 도대체 '무엇'을 행동으로 옮겨야 할지는 모르기에 답답한가? 행동을 시작하려면 목표가 있어야 한다. 목표가 있어야 그걸 지침으로 삼고 달성하려고 움직이고 방법을 고민할 수 있다.

나는 이 세 가지 방법으로 '나를 위한 시간'을 낼 수 있었다. 첫째로 내가 누구인지, 내가 무엇을 하고 싶은지 알아야 한다. 일단 내가 '이런 사람이 되었으면 좋겠다'라는 미래의 모습을 구체적으로 떠올린다. 바라는 모습이 된 나는 지금 어떻게 행동할까를 기준으로 삼으면 바른 결정을 할 수 있다. 나의 경우는 온기를 전하는 따뜻한 마음을 가진 현명한 사람이었다.

주변에 온기를 전하려면 어떻게 해야 할까? 일단 마음에 여유가 있어야 다른 사람들을 챙길 수 있다. 그러면 마음의 여유는 어디에서 오는가? 평정심을 유지할 수 있는 마음가짐과 의식주에 구애받지 않는 경제력이 있어야 한다. 타인을 돕는 시간을 내려면 내 시간을 유동적으로 쓸 수 있어야 시간적 여유를 더 가질 수 있다. 시간을 자유롭게 쓰려면 직장에 다니기보다 경제력을 갖춰야 한다. 그렇다면 경제력을 갖춘 상태에서 빠른 은퇴를 하기 위해서는 어떻게 해야 할까? '월급을 저축만 해서는 너무 오래 걸리니 투자해야겠다'라고 생각했다.

나처럼 사십 살쯤이 되어서야 자본주의를 알게 되면, 사람들이 늦었다며 포기하고 전처럼 살아갈 것 같았다. 그래서 '사람들이 빨리 깨달을 수 있게 할 수 있는 방법이 뭐가 있을까'라는 생각으로 이어졌다. 말로 강하게 권유하는 건 마음의 준비가 안 된 사람에게는 폭력일 수 있다. 부드럽게 권유하면서 스스로 알아차리게 하려면 독서를 통해 마인드 셋이 변하면 좋겠다고 생각했다. 그래서 내 목표 문장은 2028년에 도서관을 개관한 건물주였다. 그래서 지금도 재개발과 경매 관련 부동산과 미국 주식을 공부하고 있다.

둘째는 신호를 눈치채는 것이다. 나도 처음부터 작가가 돼야겠단 생각을 한 건 아니다. 그저 블로그에 독서 후기를 적을 때 좀 더 조리 있게 쓰고 싶었다. 이왕이면 남들이 볼 때도 좋은 글이었으면 했다. 그래서 작년부터 김형준[19] 작가가 주최하는 '글쓰기 무료 특강'에 거의 매달 참석하고 단톡방에 입장했다. 글쓰기 연습을 막 치열하게 한 건 아니지만 그래도 조금씩 달라졌다. 그냥 한 번에 후루룩 쓰고 말았는데 맞춤법 검사를 했다. 퇴고라고 하기에는 민망하지만, 한 번은 읽어보고 조금씩 고쳤다. 그러다 자청의 《역행자》를 읽었다. 작가인 자청은 말로만 평범하다고 하는 대기업 출신이 아니라 진짜로 평범했던 사람이었다. 그런 그가 후루룩 읽을 수 있도록 이렇게 글을 쉽게 쓰고, 동기를 부여할 수 있다면 나도 작가가 될 수 있겠단 생각이 들었다. 그래서 목표 문장에 '베스트셀러 작가'를 추가했다.

베스트셀러 작가라는 꿈이 생기고 몇 달 후 김형준 작가에게 연락이 왔다. 오프라인 특강을 할 건데 내가 운영하는 파티룸에서 진행하고 싶다고 말이다. 김형준 작가를 포함해서 세 분의 작가들이 인사이트를 나눠주었다. 그중 이윤정 작가가 "제가 공동 저자 모집 중이에요. 혹시 작가 되고 싶은 생각 있으실까요? 함께하면 어떨까 해서요"라며 함께 에세이 쓰자고 내게 제안했다. 작년에 공저로 책을 내보면 어떨지 생각만 했던 기억이 떠올랐다. 아마추어라고 할

---

19 1인 기업 월간 책방 대표이자 직장인. 작가와 강사로도 활동하며 10여 권의 저서를 출간했다.

것도 없는 무의 상태지만 '기회가 왔을 때 잡자' 싶어 함께하고 싶다고 전했다.

그저 신기했다. 내 목표 문장인 '2028년에 도서관을 개관한 건물주'가 '2028년 도서관을 개관한 건물주이자 베스트셀러 작가'로 바뀐 지 몇 달 만에 공동 저자 제의를 받고 지금 집필하고 있다. 며칠 전에는 라이브를 거의 하지 않는 하와이 대저택 유튜버가 라이브를 시작했다. 라이브 방송 댓글로 나의 기쁜 소식을 공유했더니, 내 댓글을 읽고 축하한다고 말해줬다. 내가 마인드 세팅을 위해 듣는 60만 유튜버가 나에게 축하 인사를 건네니 추가된 목표도 이루어질 것 같다.

이 책을 쓰게 된 시작이 무엇인지 알겠는가? 전 세계인한테서 사랑받는 작가가 되겠다는 거창한 포부가 아니다. 그저 우연히 글쓰기 무료 특강이 있다는 걸 공간대여 강의 단톡방에서 알게 되었고, 그 신호를 놓치지 않고 참가하겠다고 지원을 한 것이다. 무엇이 나를 위한 신호인지 모르겠다면 지원부터 하면 된다. 뭔가를 배우고 싶어 강의를 등록하면, 효율적인 의사소통을 위해 일반적으로 단톡방이 개설된다. 그리고 도와줄 자원자를 받는다. 그럼 나는 자원을 했다. 오프라인 활동은 부끄럽거나 어려울 수도 있지만 온라인 활동은 가능하다. 그렇게 조장이나 방장을 맡게 되면 누가 되지 않으려고 최소한 과제라도 빠지지 않게 하게 된다. 모범을 보이고 싶어 저서 복습이나 연습까지 하게 될 수도 있다. 스태프가 되는 게 부담스럽다면 일단 조금이라도 관심이 갔었던 것에 참가 신청을 해보자.

　마지막으로 내가 지속해서 시간을 확보하기 위해 썼던 방법은 2장에서 말한 시간 가계부다. 작성도 30분 단위로 쓰기 때문에 크게 부담되지 않는다. 나도 처음에 시간 가계부를 쓰면서 깜짝 놀랐다. 친구와 카톡을 하며 보내는 건 보통 두 시간, 통화로 수다 떠는 시간이 하루에 세 시간이 넘어가는 날도 있었다. 잠깐 궁금한 것만 검색해야지 했던 포털사이트에서 30분째 신변잡기 뉴스 기사를 클릭한다. 추천된 동영상을 한 시간 넘게 보고 있음을 자각하고 깜짝 놀란 적이 한두 번이 아니다. 경제 유튜버의 알림을 받고 그것만 보러 들어갔다가 알고리즘의 안내에 홀려 유튜버에게 세 시간을 내어주는 일도 허다했다. 시간 가계부는 구글 시트로 되어 있는 파일이라 휴대전화로 접속해서 수정도 가능하므로 컴퓨터가 없어서 체크를 못 한다는 핑계도 댈 수가 없다. 나 자신을 위한 시간을 만들기 위해서 시간 가계부를 써 보면 어떨까? 작심했다면 앞서 2장에서 설명한 시간 가계부 내용을 참조하거나 이메일로 문의하면 사본 만들기 방법을 안내하겠다.

　내가 어떤 사람이면 좋겠는지 생각하면 목표를 설정할 수 있다. 그 이상향이 되기 위해 현재에 내가 뭘 해야 할지 생각한다. 그리고 꿈으로 다가갈 수 있는 신호가 왔을 때 알아채고, 기꺼이 뛰어들자.

꿈을 이룰 수 있는 환경에 나를 빠트리는 것이다. 적당한 스트레스는 삶에서 활력소가 되기도 하니까 말이다. 시간이 부족하단 생각이 들면 추가 확보를 위해서 시간 가계부를 쓰면서 시간을 만들 수 있다. 없다고 생각했던 일상의 빈틈이 보여 나를 위한 시간을 만들어낼 수 있다.

시간은 어떻게 쓰느냐에 따라 다양한 방식과 다른 속도로 지나간다. 변화를 두려워하지 말자. 우리는 아기에서 성인으로 성장하며 지속적인 변화를 겪었다. 사람은 변하지 않는다지만, 스스로가 원한다면 긍정적인 방향으로 성장하며 변할 수 있다.

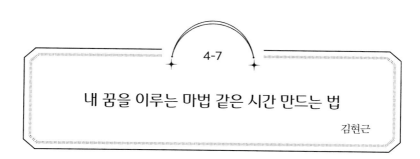

내 꿈을 이루는 마법 같은 시간 만드는 법

김현근

처음 공인중개사 자격증 공부를 시작했을 때, 스스로 공부하는 것이 무척 어려웠다. 독서를 시작했을 때도 마찬가지였다. 책을 읽는 것 자체는 어렵지 않았다. 하지만 그것을 꾸준히 실천하는 것은 큰 도전이었다. 회사에서 종일 바쁜 업무를 처리하고, 퇴근길 지하철에서 책을 읽기조차 쉽지 않았다. 스마트폰 하나 손에 들고 있을 공간만 겨우 허락되었기 때문에, 결국 집에서만 공부하거나 책을 읽을 수밖에 없었다.

공인중개사 자격증 공부를 할 때는 아이가 어렸기에 시간을 조율하기가 비교적 쉬웠다. 하지만 독서를 본격적으로 시작할 무렵에는 아이들이 성장하면서 나와 함께 시간을 보내는 일이 많아졌다. 그 결과 나만의 시간을 내는 것이 더욱 어려워졌고, 독서 습관을 만드는 데 시간이 걸렸다. 아이들이 잠든 후에 독서하겠다고 결심했지만, 그 시간을 효율적으로 활용하는 것은 또 다른 도전이었다.

독서나 공부뿐만 아니라, 어떤 것을 꾸준히 실천하기 위해서는 습관이 필수적이다. 처음에는 무엇이든 어렵게 느껴지지만, 습관이 자리 잡히면 그때부터는 훨씬 수월해진다. 특히 직장인이나 워킹맘처럼 바쁜 사람들에게는 자기 계발을 위한 시간을 따로 확보하는 것으로도 큰 도전이 될 수 있다. 하지만 시간을 효율적으로 관리하는 방법을 알면, 자기 계발을 위한 시간을 충분히 만들어낼 수 있다.

시간 관리에서 가장 중요한 것은 주간 계획을 세우는 것이다. 주간 계획은 복잡하거나 거창할 필요가 없다. 한 주 동안 해야 할 일들을 단순하게 정리하고, 그 일들의 우선순위를 나열하는 것만으로도 충분하다. 예를 들어, 주말에 다음 주에 할 일을 계획하거나 월요일 아침에 그 주의 일정을 목록으로 작성해 본다. 중요한 일부터 처리하고 덜 중요한 일은 나중으로 미루거나 다른 사람에게 위임할 수 있다. 이렇게 계획을 세우는 습관을 들이면, 시간이 훨씬 더 효율적으로 활용된다. 하루를 시작할 때도 그날의 할 일을 미리 정리해 보는 것이 좋다. 전날 저녁이나 아침에 일과를 계획하고, 우선순위에 따라 일정을 진행하면 하루가 더 체계적으로 흘러간다.

또한, 반복적으로 하는 업무나 불필요한 일들을 줄이는 것도 시간을 절약하는 중요한 방법이다. 매일 반복하는 보고서 작성 등은 템플릿을 만들어 시간을 단축할 수 있다. 블로그 글을 작성할 때도 템플릿을 활용하면 훨씬 효율적으로 작업을 끝낼 수 있다. 네이버 블로그의 템플릿 기능을 사용하면, 포스팅할 때마다 동일한 구조로 빠르게 글을 작성할 수 있다. 템플릿을 미리 설정해 두면, 글쓰기 시간이 훨씬 절약된다.

또한, 일상에서 발견할 수 있는 작은 틈새 시간도 충분히 활용할 수 있다. 출퇴근 시간, 점심시간, 잠깐의 휴식 시간 등 짧은 시간이지만, 이 시간을 어떻게 활용하느냐에 따라 하루의 성과가 달라질 수 있다. 예를 들어, 출퇴근 시간에는 듣고 싶었던 오디오북이나 팟캐스트를 듣고, 점심시간에는 전자책을 읽는 것도 좋은 방법이다. 이렇게 작은 시간을 효율적으로 활용하다 보면 하루 동안 실천할 수 있는 일들이 훨씬 많아진다.

시간을 잘 관리하는 것만으로는 충분하지 않다. 목표를 이루기 위해서는 작은 실천이 필수적이다. 나는 자투리 시간을 활용해 독서를 실천하는 습관을 들이기 위해 노력을 했다. 책을 읽는 습관을 만들려면 먼저 작은 목표를 설정해야 한다. 처음부터 하루에 책 한 권을 읽겠다는 거창한 목표를 세우기보다는, 하루에 다섯 페이지씩 읽는 소박한 목표를 세우는 것이 더 효과적이다. 이런 작은 목표들은 실천하기 쉽고 꾸준히 이어갈 수 있는 동기를 부여한다. 지나치게 큰 목표는 중도 포기를 초래할 수 있으므로, 현실적인 목표를 세우고 그것을 매일 실천하는 것이 중요하다.

그 목표를 실천하기 위한 계획을 세우는 것도 중요하다. 나는 매일 정해진 시간에 독서하고, 독서 일기를 쓰는 습관을 만들었다. 독서 일기는 복잡할 필요가 없다. 하루 동안 읽은 내용 중 가장 인상 깊었던 부분이나 기억하고 싶은 구절을 간단하게 기록하는 것으로도 충분하다. 이렇게 기록을 남기면 자신이 얼마나 읽었는지 확인할 수 있고, 성취감도 함께 얻을 수 있다.

혼자서 독서를 이어가기 어렵다면, 독서 모임에 참여하는 것이 좋은 방법이다. 나도 '주책당'이라는 독서 모임을 통해 다양한 분야의 책을 접하고 있다. 이 모임은 다양한 분야의 책을 읽고 서로 의견을 나누며 깊이 있는 독서를 할 수 있는 좋은 기회를 제공한다. '주책당' 독서 모임을 통해 나는 혼자서 책을 읽는 것보다 함께 나누고 토론하는 과정에서 더 많은 인사이트를 얻을 수 있었다. 책을 읽으며 새로운 시각을 접할 수 있었고, 이러한 경험이 나의 삶에 긍정적인 변화를 불러왔다.

이 경험을 바탕으로, 나만의 독서 모임 '오독오독'을 운영했다가 지금은 잠시 정비 중이다. 이 책이 출간된 후 '오독오독' 독서 모임을 다시 운영할 계획이다. '오독오독'은 하루에 5분 만이라도 책을 오독

오독 씹어 먹듯이 읽자는 의미를 담고 있다. 바쁜 일상에서도 매일 조금씩이라도 책을 읽고, 그 작은 실천이 쌓여 삶에 큰 변화를 불러올 수 있도록 돕는 모임이다. 이 모임은 시간 내기 어려운 사람들을 위한 취지로 만들어졌으며, 짧은 시간이라도 책을 읽으며 삶의 지혜와 즐거움을 나누고자 한다.

독서 습관은 작은 시작에서 큰 변화를 일으킬 수 있다. 매일 5분이라는 시간 동안의 책 읽기가 쌓이면, 그것이 인생을 바꾸는 큰 힘으로 작용할 것이다. 이 모임에 관심 있는 분들이 있다면 언제든지 연락을 주셨으면 한다. 함께 하루하루 책을 오독오독 씹으며 읽어 나가는 습관을 만들고, 책을 통해 얻은 지혜를 함께 나누며 성장할 수 있을 것이다.

또한, 책을 읽고 나서 그 내용을 기록하는 것은 매우 중요하다. 읽은 내용을 기록하지 않으면 금세 잊히기 마련이다. 책을 읽으며 인상 깊었던 부분에 밑줄을 긋거나 메모를 남기고, 그 내용을 다시 정리하는 것이 책의 핵심을 더 오래 기억하는 좋은 방법이다. 블로그나 노트를 활용해 책의 주요 내용을 기록하고, 그에 대한 자기 생각을 덧붙이는 것도 좋다. 이러한 과정을 통해 지식을 체계적으로 정리하고 더 깊이 있게 자신의 것으로 만들 수 있다.

누구나 처음부터 완벽할 수는 없다. 중요한 것은 작은 실천에서 시작하는 것이다. 하루에 책 한 페이지를 읽는 것만으로도, 그 작은 실천이 주는 성취감은 매우 크다. 처음에는 사소하게 느껴질지 몰라도, 이런 작은 실천들이 쌓이면 그것이 곧 나의 인생을 바꾸는 큰 힘이 될 수 있다. 나를 위한 시간은 저절로 생기지 않는다. 시간을 만들어 가는 것은 우리의 몫이다. 매일 단 5분 만이라도 책을 읽어보자. 그 작은 시간이 쌓여 꿈을 이루는 마법 같은 시간이 될 것이다.

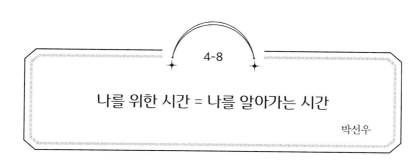

나를 위한 시간 = 나를 알아가는 시간

박선우

회사 업무가 과중할 때마다 틈만 나면 쉬고 싶다는 생각이 들었다. 휴일에는 밀린 잠을 자는 것으로 체력을 회복하려고 했다. 아무것도 하지 않으면, 에너지가 충전될 줄 알았다. 주말 내내 침대에 누워 하루를 보내는 날이 많았다. 새로운 한 주가 시작되고 월요일이 되어도 여전히 피로에 지쳐 있었다. 그러다 보니 퇴직만이 유일한 해답처럼 느껴졌다. 일을 그만두면 모든 문제가 해결될 것이라는 막연한 기대가 있었다.

직장에서 근속 기간이 늘어나면서 업무처리에 능숙해지고, 나만의 업무처리 시스템이 자리를 잡게 되었다. 내가 사용할 수 있는 시간은 조금씩 늘어났지만, 그 시간을 어떻게 활용해야 할지 몰랐다. 아무것도 하지 않는 시간이, 일하는 시간보다 더 힘들게 느껴졌다.

나에게 "휴식이란 어떤 것을 의미하는 것일까? 어떤 것을 할 때 에너지가 충전되고 행복할까?"라는 질문을 자신에게 던져 보았다.

처음에는 아무것도 하지 않고 가만히 쉬는 것이 나를 위한 시간이라고 생각했다. 하지만 그렇게 쉬는 시간은 오히려 나를 더 무기력하게 만들었다. 나를 위한 시간에 대해 고민하기 시작했다. 내 삶에 있어서 의미 있는 활동을 하며, 나 자신을 발견하고 성장하는 시간이 되어야 한다는 것을 알게 되었다.

책을 읽거나 평소에 배우고 싶었던 것을 배우고, 조금 거리가 멀어도 맛있는 음식점을 찾아가서 먹고, 좋아하는 사람들과 함께 여행도 다녔다. 다양한 방법으로 의미 있는 시간을 보냈다. 그저 먹고 즐기는 일시적인 즐거움이나, 감정을 소비하면서 보내는 것은 아니었다. 내 삶의 긍정적인 변화를 줄 수 있는 활동을 통해 에너지가 충전된다는 사실을 알게 되었다. 그 후로 나만의 시간을 더욱 소중하게 여기게 되었다.

나를 위한 시간을 보내기 위해 내가 가장 먼저 한 일은 바닥난 체력을 회복하는 것이었다. 집 근처 수변 공원을 산책하며 운동을 시작했다. 체력이 조금씩 회복되고 운동이 주는 상쾌함을 느끼게 되었다. 이후에는 캘리그라피를 배우며, 매일 필사를 실천하는 습관을 갖게 되었다. 이 과정에서 얻은 성취감은 내 삶에 활력을 불어넣었다.

캘리그라피로 만든 작품으로 아마추어 전시회에 참여할 기회도 생겼다. 작품을 소개하는 리플렛도 제작하고, 지인들을 전시회에 초대해서 의미 있는 시간을 가졌다. 삶의 변화를 체감하고 나의 경험을 필요한 사람들에게 나누고 싶다는 생각이 들었다. 가치 있는 나눔을 위해 스피치 강의도 듣게 되었다. 코치로서 고객을 만날 때 스피치 강의는 많은 도움이 되었다. 편안한 목소리와 정확한 발음은 코칭을 받는 고객에게 안정감을 주게 된다.

나를 위한 시간을 보내면서 얻은 경험들이 하나로 연결된다는 것을 발견했다. 좋아하는 것을 하나씩 도전하면서 진짜 내가 원하는 목표에 점점 더 가까워지고 있다. 나만의 시간을 의미 있게 보내는 과정은 나를 더욱 성장시켜 주었다.

예전에는 직장 생활하면서, 다른 일에 도전하는 것이 불가능하다고 생각했다. "회사 업무에만 집중해야 하고, 퇴사 이후에 내가 원하는 것을 할 수 있다."라는 생각이 깊게 자리 잡고 있었다. 퇴사할 날만 기다리며 시간을 흘려보냈다. 새로운 것을 시작할 때 완벽하게 준비된 상태를 기다리는 편이었다. 시간이 확보되지 않으면 시도조차 하지 않았다. 더 이상 그렇게 기다리기만 해서는 안 된다는 것을 깨달았다. 지금 당장 할 수 있는 작은 시도들이 있었기 때문이다. 운동, 캘리그라피, 스피치 강의, 그리고 여러 가지 새로운 배움을 통해 조금씩 변화를 만들어 갔다. 나를 위한 시간을 보내기 시작하면서, 긍정적인 성향으로 바뀌었고, 자신에 대한 신뢰가 커졌다. 나와의 관계도 좋아졌다. 나와의 관계가 좋아지니 가족, 타인과의 관계도 좋아졌다. 관계로 인해 받아야 하는 스트레스나 불필요한 감정 소모가 줄어들었다.

나를 위한 시간을 보내는 과정에서 가장 큰 변화는 나 자신을 더 깊이 이해하고 알아가게 되었다는 점이다. 내가 좋아하는 것, 원하는 것에 관해 생각할 수 있었다. 타인을 바라보듯이 나 자신을 바라보며 관찰했다. 나는 오랜 기간 남을 의식하며, 타인의 감정과 행동에 지나치게 반응하며 살아왔다. 모든 것이 꼭 나에게 불편함을 호소하는 것 같았고, 불편함의 원인이 나에게 있다고 생각했다. 하지만 이제는 나를 먼저 이해하고, 관심을 가지려고 한다. 내가 진정으로 원하는 것이 무엇인지? 그것을 실행함으로써 이루고 싶은 것은 무엇인지? 자신에게 질문을 자주 하는 편이다.

고명환의 《이 책은 돈 버는 법에 관한 이야기》에서 보면 자신에게 질문하는 것에 관한 내용이 있다. "나에게 질문 하나만 잘 던져도 인생이 바로 변한다. 최근에 스스로에게 질문을 던져 본 적이 있는가? 어떤 질문을 던졌는가? 우리 뇌는 질문을 받으면 해답을 찾는다." 질문을 통해 내가 진정으로 원하는 것을 찾고, 그것을 위해 행동하는 과정에서 성취감과 행복감이 더 크게 다가온다. 이 과정은 나에게 커다란 전환점이 되었고, 코치라는 또 다른 직업을 갖게 되었다.

나를 위한 시간을 통해 나 자신을 알아가다 보면, 지금까지 살아온 삶과는 다른 경험을 하고 시도하게 된다. 나를 위한 시간은 나를 알아가는 시간을 넘어서, 진정 내가 원하는 삶의 목적지까지 가는 여정이다. 더는 미루지 말고 아주 작은 것이라도 목표를 정해서, 그 여정을 지금 바로 떠나 보는 것이다. 더 멀리 가는 힘이 생기고, 어느새 삶의 목적지에 도착하게 될 것이다.

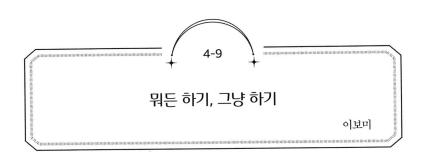

뭐든 하기, 그냥 하기

이보미

   힘들고 우울한 시기를 겪으니 생존하는 방법을 깨닫게 된다. 아침에 눈을 뜨면 일어나기 싫었다. 몸이 무거웠다. 마치 침대와 묶여 있는 기분이다. 방 한구석에는 정리가 안 된 빨랫감이 쌓여 있다. '어차피 입을 옷들인데 정리해서 뭐 해.' 금요일부터 쌓인 설거지는 월요일 오전에나 치웠다. 내 일 이외에는 힘을 쏟을 에너지가 없었다. 하기 싫었다. 나는 기분이 좋지 않으니 행동하기 싫었다. 행동을 안 하니 빨래와 설거짓거리가 쌓인 것이다.

   '어떻게 하면 예전처럼 내 기분이 다시 좋아질 수 있을까?' 유튜브에서 기분이 좋아지는 방법을 검색했다. 놀면서 배우는 심리학의 '이유 없이 우울한 기분이 들 때, 감정을 컨트롤하는 방법'이 눈에 들어온다. '딱! 내 얘기네.' 방송에 출연한 심리상담가 박상미 교수는 어떤 행동을 반복하면 습관이 되고 습관이 내 생각과 감정을 움직인다는 것이다. 처음에는 이해가 되지 않았다. 감정이 행동이 되고 결국 습관으로 이어진다고 생각했기 때문이다. '그럼 거꾸로 행동을 먼저 해보자. 정말 내 기분 변화가 일어날지.' 마음이 무거우니 몸도 무거운 상태였다. 내 몸을 움직여 행동하는 일이 쉽지는 않았다. 하루의 루틴을 정했다. 간단하지만 좋아하는 일을 적었다. 해낼 수 있는 것만 써 봤다. 나에게 일이 되어 스트레스를 받고 싶지 않았기 때문이다.

첫째, 매일 아침 눈을 뜨자마자 루이 암스트롱의 'What a wonderful world'를 듣는다. 아침에 눈뜰 때마다 눈꺼풀이 세상에서 가장 무겁다. 예전에는 일어나자마자 뉴스를 먼저 검색했다. 부정적인 기사들뿐이다. 내 아침은 밤새 일어난 안 좋은 소식들과 함께 시작했다. 잠결에 루이 암스트롱의 'What a wonderful world'를 듣는다. '나는 푸른 나무와 빨간 장미를 봅니다. 나는 그것들이 나를 위해 피어나는 것을 봐요. 그리고 나는 생각해요. 세상은 멋지다고. 나는 파란 하늘과 하얀 구름을 봐요. 정말 축복받은 날이에요.' 내가 눈뜬 아침이 세상에서 가장 축복받은 날이라니. 매일 아침은 기분 좋은 하루의 시작이다.

이 노래는 학교에서 근무하는 동안 아이들과 불렀던 노래였다. 루이 암스트롱 버전이 아닌 아프리카 아이들이 부르는 'What a wonderful world' 버전이 있다. 짝짝이 안경을 쓴 아저씨와 아프리카 아이들이 춤을 추며 등장한다. 아프리카 아이들의 순수한 모습에 내 마음도 즐거워진다. 초등학교 아이들도 음률이 예쁜 이 노래를 따라 부른다. 아이들도 세상을 밝게 바라볼 것이다. 누군가는 매일 아침 명상하고 누군가는 기도할 것이다. 이젠 아침마다 나를 위해서 이 음악을 듣는다. 'What a wonderful world! 아침마다 평화롭고 멋진 세상을 보기 위해 내가 눈을 떴구나!' 하면서 말이다. 감사하는 마음으로 하루를 시작한다.

둘째, 오전 매일 한 시간씩 뒷산과 창릉천을 산책한다. 그 시간은 내 감각들을 깨우는 시간이다. 오전 아홉 시에서 열 시까지 같은 곳을 걷는다. 지루할 줄만 알았는데 재미난 일이 생겼다. 매일 같은 곳에서 풍경 사진을 찍었다. 겨울에 옅은 갈색이었던 풀잎들이 연두색으로 변했다. 봄에 걷기 좋았던 잔디가 여름이 다가오자 풀이 무성했다. 무서워졌다. 동네 뒷산에 올라간다. 모기와 파리를 헤치고 올라간다. 땀이 흐른다. 나무 아래 흔들의자가 보인다. '아자! 오늘은 내 것이다.' 흔들의자에 앉아있으면 절로 눈이 감긴다. 바람을 느낀다. 나무 냄새를 맡는다. 새소리는 덤이다.

창릉천을 따라가며 청둥오리 멍을 한다. 올겨울 몹시 추웠다. 영하 십 도였다. 청둥오리들이 걱정되었다. 그 추운 날 짝지어 다니는 청둥오리들이 기특했다. 삼월 얼음이 풀렸다. 청둥오리들은 창릉천

흙더미 위에서 해를 내리쬐고 있었다. 오월이 되니 이 녀석들이 안 보이기 시작했다. 내심 걱정이 되었다. 내가 이 녀석들을 다시 만난 것은 자전거를 타고 지나간 한강 하류였다. 오월 꽃 축제가 한창이 던 행사장 앞이었다. 유유자적 우아하게 수영하고 있었다. 지난겨 울 빙판에 미끄러져 한 달 동안 산책하지 못했다. 걸을 수 있어서 감사했다. 해가 뜬 날은 연둣빛 나뭇잎 색깔을 볼 수 있어서 감사했 다. 비가 오는 날은 잔디가 풍성하게 자라기를 기대하며 또 감사했 다. 몸을 움직이니 감사할 일 천지다.

　셋째, 내 경험을 기록하고 소통하기 위해 블로그를 한다. 자영업 을 시작하였다. 유튜브에서 '블로그는 나를 공짜로 홍보할 수 있는 최고의 마케팅'이라는 영상을 보았다. 블로그를 만들었다. 글을 어 떻게 써야 하는지 몰라 블로그 글쓰기를 배웠다. 블로그 글을 쓰고 나니 사람들을 끌어들이는 멘트, 카드 뉴스를 만들어야 했다. 일 년 육 개월 동안 쓴 글은 삼백 개가 넘는다. 어학 인플루언서들은 어떻게 해서 조회 수가 하루에 오천 명이 넘는지 궁금했다. 정보성 글이 대부분이었다. '고객을 끌어들이려면 고객한테 이익을 가져다 주어야 한다.' 지난주부터는 영어 수업에 관한 정보성 글을 올리기 시작했다. 조회 수가 바로 이백이 넘었다. 뭐든 첫 시작이 어렵다. 오늘 쓴 기록 들은 훗날 한 권의 책이 될 것이다. 행동을 시작하니 부족한 점이 보였다. 부족한 점을 채우니 성장하고 있었다.

힘들 때마다 '뭐든 해보기, 그냥 하기'라고 말한다. 작년 늦은 나이에 집에서 독립했고 직장에서 나왔다. 가정과 일, 이 중요한 부분에서 나는 혼자라는 생각이 들었다. 두렵고 불안했다. 시간이 흐르면서 깨달았다. 이 모든 것은 내 생각이 두렵고 불안해서였다. 감정이 내 마음대로 되지 않았다. 일단 행동을 먼저 해보았다. 성공 일기를 쓰기 시작했다. 일 년간 목표를 세우고 매일 나의 행동을 변화시켰다. 아침마다 하루를 시작할 멋진 음악을 듣고 한 시간씩 자연을 관찰하며 운동을 하였다. 내 몸은 즐거운 에너지로 가득해졌다. 일이 끝나고 자기 전에 블로그 글을 썼다. 초보였지만 점점 글 속도가 빨라졌다. 기분이 좋지 않아서 아무것도 하지 않은 날들이 있었다. 반대로 행동을 먼저 하니 내 기분이 좋아졌다. 그 행동은 습관이 되어서 나의 하루, 내 인생을 바꿔주기 시작했다. 일 년 동안 두 권의 책을 출간한 작가가 된 것처럼 말이다.

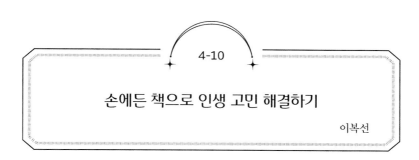

손에든 책으로 인생 고민 해결하기

이복선

삶의 주기를 보면, 태어나서 학교생활을 지나 직장 생활까지는 그럭저럭 남들 살아가는 모습처럼 평범하게 살아왔다. 결혼과 직장 생활을 하는 것도 비슷했다. 자녀를 출산하고부터 시간적인 여유가 없다. 그 속에선 눈앞만 보고 살아가기도 힘들다. 고개를 들고 주변을 둘러봐도 다들 힘들게 견디며 살고 있다. 직장에서 일이 무엇보다 우선인 시기가 있었다. 자녀가 어렸을 때도 나에게 모든 것을 맞추도록 강요하며 살아왔다. 뒤를 돌아보니 모진 엄마의 역할을 해오며 살아온 자신이 보인다.

힘든 고난 찾아왔을 때 어떻게 대처해야 하는지 전혀 몰랐다. 배우자와 자녀 교육, 삶의 가치관, 꿈꾸는 미래의 방향이 달랐다. 사소한 갈등으로 의견이 맞지 않을 때가 자주 찾아왔다. 그때는 가족이 이런 관계밖에 될 수 없다는 것이 힘들었다. 오래도록 풀리지 않았다. 힘들 것은 고스란히 내 몫인 것에 더 화가 났다. 극도로 스트레스를 받았다. 모든 것이 부정적으로 보이고 세상에 태어난 사람 중에 제일 스스로가 제일 바보처럼 살고 있다는 생각도 했다.

시간이 해결해 준다는 말을 해주는 주변 사람이 있었다. 받아들이지 못했고 위로를 해주는 그 사람도 전혀 도움이 되지 않았다. 운동을 해본다. 그 시간에는 스트레스 없이 집중할 수 있다. 근육량은 늘어났다. 인생의 무게도 함께 했다. 미궁 속에 나를 몰아가는 분위기다. 모든 주변 사람의 말과 행동 그리고 가족에 대한 실망감은 점점 더 커졌다. 책을 통해 외부에서 고난이 찾아와도 스스로 그것을 어떻게 재해석하고 이해하느냐가 문제다. 어떤 사건이 아니라 어떻게 받아들이는 방법의 차이다.

독서 모임에서 추천했던 책, 김주환 교수의 《내면 소통》이라는 책을 읽게 되었다. 환경의 변화로 인한 고난이 찾아와도 나의 뇌를 제어할 수 있는 능력을 만들어 가야 한다. 그리고 명상에 관한 훈련에 대한 방법도 제시했다. 감정을 스스로 만들어 갈 수 있다는 것이다. 불필요한 감정 소비는 자신에 전혀 도움이 되지 않는다. 힘들게 하는 사건을 만났을 때도 나를 제어할 수 있는 것이 바뀌지 않는 환경이라고 탓하게 된다. 사고의 유연한 관리가 무엇보다 중요하다. 불행이라고 생각하는 사건 속에 빠져 헤어 나오지 못하게 더욱 자신을 힘들게 만들어 가는 스스로가 보였다. 그것은 내가 겪어야 할 삶이다.

애덤 그랜트 작가의 《히든 포텐셜》에서는 불편함을 받아들이게 되면 서로 다른 수많은 학습의 형태에서 숨은 잠재력을 펼치게 된다. 불편함을 마주할 용기를 내는 게 품성 기량이다. 성공은 얼마나 완벽함에 가까이 근접했는지가 아니라 성공을 향한 여정에서 얼마나 많은 장애물을 극복했는지로 가늠한다고 했다. 그렇다면 그동안 내 삶에서 장애물이 몇 번 오지 않았다.

그동안 나를 힘들게 만든 것은 나 자신이라는 생각을 하게 되었다. 이것을 깨닫는 기간이 너무도 길었지만, 책을 통해 알게 되었다. 세상 사람들이 모두 잘난 사람처럼 보인다. 나도 그들처럼 되고 싶다! 나라는 존재는 세상에 하나뿐인데 어느 순간 멈춰 서 보니 나를 잊고 다른 사람을 따라 하고 있었다. 그들의 말과 글, 행동은 그들은 삶인데 나는 그들을 따라 하려고 한다. 똑같아질 수 없다는 것을 알았다. 그것도 좋아 보이기 위한 행동에 지나지 않는다.

《수레바퀴 아래서》, 《데미안》 등으로 우리에게 친숙한 헤르만 헤세는 《싯다르타》를 통해 "이 세상을 사랑할 수 있는 것, 이 세상을 업신여기지 않는 것, 이 세상과 나를 미워하지 않는 것, 이 세상과 나와 모든 존재를 사랑과 경탄하는 마음과 외경심을 가지고 바라볼 수 있는 것, 오직 이것만이 중요할 뿐이다."라는 문구로 현상을 바라보는 나의 시선을 바꿔 놓았다.

유발 하라리의 더 나은 세상을 위한 키워드로 '인간 이해'를 강조한 《사피엔스》에서 인간의 행동은 자유의지가 아니라 호르몬, 유전자, 시냅스에 의해 결정된다. 그리고 세로토닌, 도파민, 옥시토신 등의 다양한 생화학 물질에 의해 결정된다. 개인적으로 환경에 따라 개인의 의지로 행복해지는 것이다.

살다 보면 가족에게, 사회생활을 하면서 상처를 받을 수 있다. 가장 가까운 사람한테 상처를 받으면 더 이상 갈 곳이 없다. 읽어본 책은 쉽다면 쉬운 책이지만 혼자서 읽을 수 있는 책은 아니다. 읽은 책은 나에게 마음의 근력으로 돌아왔다. 함께 책을 읽고 글쓰기를 하는 사람들이 누구보다 힘이 들 때 가장 강력한 무기가 되어 주었다. 좀 더 노력해서 내가 받은 마음속 은혜를 또 다른 사람들에게 나눠 주고 싶다.

삶의 기준, 행복의 기준은 사람마다 다르다. 같은 길을 가고 있는 비슷한 부류의 사람들과 함께 이야기를 하면 기분이 좋아진다. 같은 책을 읽어도 받아들이는 속도와 양은 다르다. 최근에 독서 모임을 하였다. 오프라인으로 만남은 처음이다. 책 읽기와 글쓰기의 이야기는 끝이 없다. 읽은 책은 다양했고, 관심 분야도 달랐다. 누가 더 많이 알고 있는 것은 중요하지 않다. 이 모임은 서로 나눈다는 것이 더 큰 이유다. 사람인지라 모두가 힘들구나! 그래도 열심히 살아간다. 책을 읽는 사람들은 자신을 찾아가고 있다.

독서를 통해 일상의 변화를 확실히 느낄 수 있는 오늘을 나에게 선물한다. 타인이 바라보는 시선과 행동을 그대로 받아 주지 않는다. 스스로 재해석하고 나와 타인에게 도움이 될 나의 반격을 보여준다. 가끔은 자신만의 인생 고민을 해결하는 시간을 갖는다. 힘든 일도 받아들이고 견디는 방법을 기쁜 기회로 만든다. 자신을 위해서가 아니라 타인과 함께 잘 될 상황을 만들려고 한다. 누구를 만나도 어떤 상황이 와도 뇌를 좋은 방향으로 제어할 수 있는 자신을 만들기 위해 노력한다. 사람은 책이고 책은 또 사람이다. 책을 통해 위로받고 고민도 해결한다. 함께 읽는 책 속에서 사람을 만나고 삶에 대한 진정한 의미를 찾아가고 있다.

내 삶은 다른 사람 것은 아니다. 나로부터 세상이 보인다. 지금 책으로 세상의 지혜와 데이트 중이다.

마치는 글

강진숙

　1년 전만 해도 책을 낸다는 것은 꿈같은 일이었다. 책을 내기로 결심하고 글쓰기 연습을 하면서 세상이 조금씩 달라 보인다. 허공에 떠다니는 생각들이 글을 통해 구체적으로 정리된다. 바른 생각을 하게 되고, 진취적인 아이디어들이 샘솟는다. 글쓰기 능력은 쓸수록 좋아진다는 말을 믿고 꾸준히 글을 쓰는 사람으로 살고 싶다. 이 책을 통해 단 한 명이라도 동기부여 받고, 그의 삶이 변한다면 이 글은 소임을 다한 것이라 믿는다.

김선영

　나다움과 삶의 가치를 찾고 싶은 간절한 마음에 2년이란 시간 동안 매일 책을 읽었다. 읽다 보니 쓰고 싶었고, 새해 목표 중 하나는 책 출간이 되었다. 글쓰기 강의를 찾아 들으며 쓰기 시작한 것은 5월이다. 막상 시작하고 나니 안 쓸 이유가 없었다. 좋은 기회에 공저 프로젝트에도 참여할 수 있게 되었다. 결심하고 실천한 지 불과 9개월 만에 일어난 일이다. 일단 실천하는 것의 놀라운 변화를 체감 중이다. 시간이 없어 아무것도 할 수 없다는 분들에게 용기와 희망을 주고 싶다. 나도 그랬으니까.

김유진

　삼십 대가 된 나를 한번 정리하고 싶었다. 정리하고 나면 또 다른 길이 보일 것 같았다. 그래서 독서를 시작했고, 짧은 글을 쓰기 시작했다. 3년 만에 공저에 참여할 기회가 생겼다. 공식적으로 정리할 수 있게 됐다. 빠르고 느린 것은 중요하지 않다. 나만의 속도로 갈 수 있다면 만족한다. 복잡하고 정리되지 않고 뭐부터 해야 할지 고민하는 사람이 있다면 도움이 되길 바란다. 이 글을 통해 각자만의 주도적인 시간을 만들어 갔으면 좋겠다.

김인숙

　나도 모르게 "아! 너무 바쁘다."라는 말이 튀어나올 때가 있다. 할 일은 많은데 해도 해도 끝이 안 날 때도 있다. 그럴 때면 하던 일을 미뤄두고 유튜브나 보면서 쉬고 싶어진다. 당장 하던 일을 포기하고 싶다. 하지만 그 순간 한 번 더 생각해 본다. 진짜 미뤄도 될까? 포기해도 될까? 조용히 마음의 소리를 들으면 다시 일어서는 힘이 생긴다. 그리고 어떻게 하면 할 수 있을지 방법을 찾게 된다. 내가 가진 시간이나 환경보다 중요한 것은 내가 내린 결정이라고 생각한다. 미루고 싶은 순간에도 여러분의 결정을 믿고 나아갈 수 있길 응원한다.

김진권

　살아가다 보면 과연 정답이라는 것이 과연 있는 것인지 의문이 들기도 한다. 어려서는 올바름에 대한 확고한 믿음이 있었지만, 그것이 혼자만의 고집일 수 있다는 것도 알게 되었다. 그리고 세상이 참 빠르게 변하는 것도 느끼는 요즘이다. 그때마다 나를 바로 세워주었던 것은 꾸준함이었다. 느리지만 차곡차곡 쌓아가는 것이 평범한 사람이 할 수 있는 최고의 방법이라고 생각한다. 내 인생의 여정에도 찬란한 빛이 오기를 기대하며 여러분들에게도 오늘의 평범한 일과가 내일의 특별함이 될 수 있도록 응원한다.

김태희

일단 나에 대한 기대부터 시작하자. 되고 싶고 하고 싶은 것이 있어야 실행할 이유가 생기고 동기부여가 된다. 지금 내가 보유한 능력과 경제력으로 추측해서 당연히 달성할 수 있는 목표를 만들지 말자. 상상이라고 치부했던 일도 현실이 되는 세상이다. 기대가 현실이 될 테니 기쁘게 행동으로 하나씩 옮기다 보면 상상했던 미래가 현재가 된다. 그러니 내가 확실히 이룰 수 있는 목표보다 높게 미래의 내 모습을 그려보았으면 좋겠다.

김현근

작은 변화는 꾸준한 실천에서 시작된다. 바쁜 일상에서도 시간을 잘 활용하고, 하루에 단 몇 분만이라도 나를 위한 시간을 가지는 것이 중요하다. 독서는 그 작은 습관 중 하나로, 삶을 더 깊이 있게 만들고 새로운 가능성을 열어준다. 완벽하지 않아도 괜찮다. 중요한 것은 매일 조금씩 나아가려는 그 작은 의지다. 그 의지가 쌓이면, 어느새 꿈을 이루는 마법 같은 시간이 우리 앞에 펼쳐질 것이다. 지금이야말로 그 첫걸음을 내디딜 순간이다.

박선우

　나를 위한 시간을 보내는 것은 나를 알아가는 중요한 여정이다. 그 여정은 나를 성장하게 하고, 자신이 원하는 삶의 방향으로 나아가게 해준다. 하고 싶은 게 있다면 그것을 할 수 있는 시기가 올 때를 기다리지 말고, 지금 바로 시작하라고 말해 주고 싶다. 지금 바로 시작하면, 기다리던 그 시기가 되는 것이다. 시간이 없다는 이유로 더 이상 미루지 말고 작은 것부터 시작해 보기를 바란다. 진정으로 원하는 삶으로 가는 첫걸음이 될 것이다.

이보미

　열심히 사는데 왜 나만 맨날 제자리일까? 라고 생각한 적이 있다. 주변을 돌아보니 모두 다 같은 고민을 하고 있었다. 힘든 시기를 겪으니 열심히 달려 온 인생을 뒤돌아보았다. 사실은 잘하고 있었다. 잠깐 숨 고르기를 하는 중이었다. 바쁜 일상에서도 나를 발견하고 오늘도 고군분투하는 분들께 "당신은 오늘도 멋집니다! 잘하고 있어요! 제가 응원해 드릴게요!"라고 전해드리고 싶다.

이복선

    책 속에서 살아왔지만, 진정한 지혜를 모르고 중년의 나이가 되었다. 책을 읽는 사람이 삶의 지혜를 찾아 떠나는 아름다운 여정을 함께 나누게 되었다. 우리의 인생은 어느 순간 끝도 없이 하강하는 낙하산일 수도 있다. 광활한 땅위에 두 발의 중심을 잡으려고 안간힘을 쓰고 있다. 그 버팀목은 책이고 함께 책을 읽는 사람이다. 어느 곳으로 걸어가더라도 옆에 지금의 조력자가 있어 단단한 사람이 되었다. 어떤 고민도 해결해 주는 해결사는 아주 가까운 곳에 있다. 그 경험이 함께 지혜를 모아 만든 바로 이 한 권의 책이다.